B. lettres. N°.

C. De Myan   1750.

HERMENIGILDE,
TRAGEDIE.

A AVXERRE,

Chez NICOLAS BILLIARD, Imprimeur du ROY,
demeurant en la ruë sainct Simeon.

Auec Permission.

M. DC. L.

MONSEIGNEVR
L'ILLVSTRISSIME
ET REVERENDISSIME
SEBASTIEN ZAMET,
EVESQVE DE LANGRES,
DVC ET PAIR DE FRANCE.

ONSEIGNEVR,

LE defir & la crainte ont fait affés long temps les inquietudes
de mon efprit fufpendu. Ces paffions égales en force l'ont partagé
de forte, que ne fe pouuant vaincre l'vne l'autre, ie puis dire que i'ay
efté vaincu de toutes les deux. Ie n'ay iamais efcouté la penfée de
Peindre icy vôtre Nom (MONSEIGNEVR) qu'vne jufte
aprehëfion n'ait arraché de ma main timide, vne plume mal affeurée.

EPISTRE.

Celuy la seroit blasphemateur auec le Pinceau, qui trauailleroit à renfermer dans vne diforme & chetifue Peinture la beauté d'vne vertu fans limites. Ny toutes les toiles ne font pas la matiere des pourtraits des Saincts, ny tous les papiers propres à plier leurs Reliques; non plus que tous les yeux affés forts, pour regarder fixement le Soleil, fans qu'ils trouuent ou les larmes, ou l'aueuglement dans la fource de la Lumiere. Celle qui éclate en vôtre Grandeur, après les auoir fait leuer au Ciel par admiration, les fait abbaiffer à terre, par reuerence, à quiconque eft fi hardy que de l'envifager. Vn feul de fes Rayons à toûjours éblouy ma veue, & n'a jamais laiffé à mon efprit moindre que cét objet, que l'etonnement pour fa connoiffance, & pour l'expreffiõ de fon extafe, que le muet difcours d'vn filence refpectueux. Ie ne leromps aujourd'huy que pour prefenter à vôtre Grãdeur le martyre du Prince des Goths. J'ay creu (MONSEIGNEVR) que l'impureté de ma main ne diminueroit en rien le prix de cette double pourpre, plus Illuftre par la teinture du fang qu'il à épenché pour la querelle de IESVS, que par celuy qu'il à tiré de fa naiffance Royale. C'eft dans fon merite, que ie cherche le pardon de la liberté que ie prens, de vous interrompre fans fujet. Ie trouuerois la peine du crime, que i'acheue en me flatant de voftre protection, après l'auoir commancé par l'indignité du traitement que i'ay fait à la memoire d'vn Sainct, fi voftre vertu qui tire fon origine de Dieu, ne refpondoit par fes actions à la Diuinité de fon Principe. Plus elle eft fublime, & plus elle fe racourcit par vn fentiment de compaffion, à la baffeffe des efprits, dont les refpects ne peuuent eftre qu'injures, & les meilleures volontés qu'indifcretions: tout le defaut de la mienne eft en fon abondance; fi elle eftoit moindre, elle ne triompheroit pas fi fortement de la raifon, qui defend aux defirs inutiles

de paſſer en des vœux importuns, qui ſe terminent en Sacrileges:
mais auſſi déroberois-ie à voſtre clemence auec l'exercice d'vn mouuement Genereux, le móyen de faire voir, que i'ay pû eſperer d'elle
ce qui eſtoit interdit à mon peu de merite. I'ay laiſſé conduire à
mon zele indiſcret mon iugement preocupé, & entreſner ma reſiſ-
tence à la pente de mon inclination, lors que i'ay obey à la neceſſité ou
ie me vois reduit de forcer voſtre Grandeur à croire que iuſques aux
déreglemens de mon eſprit, ie conſerue inuiolablement la qualité,

Monseignevr, De

Son tres-humble & tres-obeïſſant
Seruiteur.

GASPAR OLIVIER, Doct.
en Theol. C. D. M.

AV LECTEVR.

ET Illuftre Martyr, aprés auoir occupé la plume de l'Homme du Siecle le plus accomply (qui eft l'objet & le defefpoir de mon imitation) ne peut receuoir de mon ftyle rempant, que ces foibles efforts de mes vœux impuiffãts & tumultuaires. Ie ioüe icy le perfonnage d'vn truchemét mal habile, lors que ie le fais parler d'vn langage François, que ie n'ay iamais bien appris ; les reftes du Prouençal que i'ay fuccé auec le laiẽt, forment vne defformité trop connoiffable, pour ne bleffer les yeux, s'ils arreftent les voftres. Vous tirerés profit de mon dommage, fi de mes defauts vous faites l'exercice de voftre charité.

ACTEVRS.

LEVIGILDE, ROY DES GOTHS.

HERMENIGILDE,
RECAREDE, *Ses Fils.*

GOISVINTHE, *Femme de Leuigilde.*
INDEGONDE, *Femme d'Hermenigilde.*

GERAGATHE,
SOPHRONISQVE, *Ministres d'Estat.*

ERASISTRATE, *Confident d'Hermenigilde.*

HERMENIFRIDE,
DVRIACE, *Confidents de Goisvinthe.*

LEONIDAS,
ALARIC, *Capitaines des Gardes.*

IGERDE,
VAFREDE, *Gardes.*

Quelques autres Gardes.

HERMENIGILDE
TRAGEDIE.
ACTE I.
SCENE PREMIERE
LE ROY, RECAREDE,

LE ROY.

OVS voyés (mon Fils) auec quel attachement ce denatuturé trauaille, & à sa perte, & à armer mes ressentimens pour la precipiter : aussi tascheray-je de laisser la posterité en doute de determiner, lequel de nous deux l'aura emporté, ou luy dans son obstinée perfidie, ou moy dans la rigueur d'vne exemplaire punition.

REGAREDE.

Vôtre bonté (MONSIEVR) & ses respects le retireront de ce mal'heur, & V. M. de ceste peine.

LE ROY.

Recarede, si vous n'aymés son crime, n'opposés pas des foibles pretextes à la forte raison que i'ay de detester sa deffection, ses leuées & son insolence.

A

RECAREDE.
Il ne seroit pas pardonnable, si le soin de sa vie, & le dessein ruineux de ses ennemis ne luy seruoient d'excuse.

LE ROY.
C'est la chercher dans sa meschanceté.

RECAREDE.
Il a creu la trouuer dans la raison.

LE ROY.
Il n'en est point qui puisse iustifier vne mauuaise action.

RECAREDE.
C'est par là, que ces esprits mal affectionnés ne tireront iamais d'vne iniuste persecution, vn sujet legitime.

LE ROY.
Les commandemens des Roys ne rendent iamais coûpable l'obeïssance des sujets.

RECAREDE.
Si ceux-cy trouuent leur gloire dans céte obeïssance, Hermenigilde trouuera sa iustification dans leur haine, qui faisoit seruir les commandements de V. M. au desir de le perdre.

LE ROY.
I'ay commandé qu'on s'asseura de sa Personne.

RECAREDE.
Mais non pas qu'on attentat à sa vie.

LE ROY.
Vous voulés, Recarede, lauer Hermenigilde des soüilleures de ceux, que le deuoir a rendu ses ennemis.

RECAREDE.
Ie desire faire voir à V. M. la Iustice des precautions d'Hermenigilde, côtre ceux qu'vne mortelle inimitié rendoit ses meurtriers

LE ROY.

Si cefte peur mal formée aliénoit fon affection de quelqu'vn de mes fujets, il ne deüoit pas remplir mon Royaume d'ennemis, ny le difpofer a deuenir vn Theatre de carnage.

RECAREDE.

Si cefte peur raifonnée luy à mis les Armes a la main, la moindre affeurance que vôtre Majefté luy donneroit les luy feroit apporter a fes pieds.

LE ROY.

Vous vous flatés d'vne vaine efperance.

RECAREDE.

I'efpere ce qui arriuera, s'il plait a vôtre Majefté de me commettre cefte affaire.

LE ROY.

Ie le veux : mais prenés garde que cefte bonté ne donne à la rebellion, vn fujet de s'y confirmer.

RECAREDE.

Cefte grace ne produira point d'effect que vôtre Majefté ait occafion de des aprouuer.

SCENE II.

HERMENIGILDE, ERASISTRATE, IGERDE.

HERMENIGILDE.

DANs céte fâcheufe neceffité où ma mauuaife fortune m'a reduit, il ne me refte par la cruauté de mes ennemis, que ce funefte choix, ou de mourir, ou de ne conferuer ma vie;

que pour la perte de ces Autheurs de diffentions, qui obfedent
los oreilles préoccupées d'vn Pere trop credule, pour la perfe-
cution de fon Fils innocent. Si le premier me traifne comme
vne victime fans refiftance, fouz le glaiue de l'enuie, le fecond
rempliroit la terre d'vne trop fenglente defolation. Le feul nom
de Pere s'oppofe a celuy-cy, & fait tomber de mes mains les
armes, que ny la crainte des dangers, ny l'épouuente ne fçauroient arracher. Enfin (cher Erafiftrate) ma tendreffe l'emporte par
deffus mon reffentiment. I'ayme mieux tendre le col en ce fan-
glant Sacrifice, mourir pur, & faire paffer cefte pureté iufques
à mes cendres, que d'affeurer mon repos fur ce qui luy coûte-
roit vne feulle l'arme. Confidere donc fi nous le deuons aller
trouuer, ou pour receuoir auec les marques de fon affection,
le falut, ou enfin, rancontrer dans la haine de ceux qui luy
infpirent des fentimens fi contraires à fon humeur, la mort auec
la fin de nos miferes.

ERASISTRATE.

Vôtre Alteffe a pour les chofes prefentes tant de conduite,
& tant de preuoyance pour les futures, que ie ne prendray iamais point d'autre liberté, que celle de fuyure aueuglement fes
fentimens.

HERMENIGILDE.

Tes defferances font hors de faifon, ie demande les tiens.

ERASISTRATE.

S'ils combatent les vôtres.

HERMENIGILDE.

Ie verray s'ils font bons, & pour les voir, il faut que tu les die.

ERASISTRATE.

Ie croy que l'ynique falut de vôtre Alteffe eft de n'en efperer

point a la Cour. C'eſt vn Dedale où le monſtre Goiſuinthe
demande au Roy le ſacrifice de ſes enfans.

HERMENIGILDE.

Il verra ſon iniuſtice & mes reſpects.

ERASISTRATE.

L'amour qu'il a pour la Reyne luy met vn bandeau, qui luy
oſte la vüeë.

HERMENIGILDE.

L'amitié qu'il aura pour ſes enfens luy fera voir à trauers de
ce voile, mon innocence.

ERASISTRATE.

Il n'y void point d'autre objet, que ce qui plaiſt a Goiſuinthe.

HERMENIGILDE.

S'il eſt faſciné, la verité le luy deſchirera.

ERASISTRATE.

Elle luy arracheroit plûtoſt les yeux.

HERMENIGILDE.

Quand il ſeroit auugle à mon obeïſſance, & ſourd à ma
iuſtification, la Nature luy monſtrera mes raiſons, il eſt mon Pere.

ERASISTRATE.

Oüy, Monſieur: mais c'eſt vn Pere qui a oublié ceſte qualité,
pour ne conſeruer que celle de perſecuteur, où s'il en porte le
nom, il a les veritables effects de l'inſenſibilité pour les ſiens,
de l'inhumanité pour vous, & pour tous, vn cœur qui vuide
de tous les ſentimens naturels, n'en ecoute point d'autre que
ceux que les furies y ont introduits. Perſuadés vous qu'il eſt
tel, en qui la nature ne pût conſeruer le caractere de Pere, ſans
qu'auec luy elle ne donne des ſentimens à ſon Sang qu'elle n'a
pas rendus incomparatibles auec celuy des Tygres, ie tombe

d'accord auec vous qu'il en pût auoir des meilleurs ; cependant vous aués veu que iufques icy il les a tous fait céder à la complaifance de la Reyne, de qui il époufe indifferemment touttes les paffions ; que fi la connoiffance de vôtre bonté & de fes rigueurs fait naiftre en fon Ame quelque bonne penfée, elle fe trouue, par les bouches enuenimees etouffée auparauant qu'elle puiffe éclorre, & par ainfi, vôtre Alteffe doit tout craindre de fon malheur, & ne rien efperer de fes ennemis.

Ce font les mémes qui pour faire vôtre pourtrait peignent vôtre renomée, auec vn charbon fi noir, que les noms de parricide, bucher des loys, boutreau des bons, font les plus belles couleurs de cefte medifante Peinture. Cóme ils ne conçoiuent dans leurs cœurs, que d'jmpietés il ne fort de leurs bouches, que des blafphemes : l'efprit du Roy eft tellement poffedé de de ces Demons, qu'ils n'y ont point laiffé de lieu a vôtre Innocence. Goifuinthe alterée de votre Sang le veut boire à long traicts, & fait que ce viellard ennyuré de fa trompeufe beauté, affifteroit auec des yeux fecs a ce funefte banquet.

HERMENIGILDE.

Ie forceray par mes refpects l'vn & l'autre à addoucir leur aigreur. La cholere eft vn torrent qui precipite fa rapidité a plains bonds, & comme elle n'eft dommageable qu'a fon paffage, la foûmiffion s'en garentit en le laiffant libre a la violence.

ERASISTRATE.

Quelque pente que vôtre abaiffement luy ait donné, il n'en a precipité le couts, que pour tirer de fon mouuement des nouuelles forces. Il vous a ofté l'efpoir, qui eft la derniere piece, qui refte aus miferables. Vous voyés qu'il ne vous a laiffé que la feulle ame qu'il n'a pû opprimer, après vous auoir dépoüillé

de tous vos biens , conjuré a vôtre perte tous les Elemens, il
defcendroit encore dans le tombeau pour y foüiller vos cendres
& pour y perfecuter vôtre ombre. Il vous à fait voir par tout
la cruauté, la rage & la mort méme , en mille facés hideufes &
differentes façons.

HERMENIGILDE.

Cella eft vray : mais que faut-il donc faire?

ERASISTRATE.

Il faut combattre pour votre tefte , puifque toutes vos efpe-
rances font enfermées dans la valeur de vos troupes, c'eft icy
ou il faut vaincre,& nous permettre d'affeurer vôtre vie, ou faire
nos funerailles, c'eft le commun fouhait de tous vos feruiteurs,
à qui il ne refte point d'autre retraite, que la refolution de votre deffenfe. Ie n'ay point d'affés mauuais naturel pour per-
fuader le meurtre, moins encore le parricide, ie fçay trop que
le fang paternel épanché par des mains denaturées tombe dans
l'ame facrilege, & la foüille du crime de furie, dont la tâche ne
fe put lauer, que par l'effufion de tout le propre. Ie ne dis pas
d'attenter a la vie du Roy : mais feullement de tirer la votre des
bras meurtriers de ceux qui l'enuironnent. Serués vous des
Loix que la Nature a fait naiftre communes à toutes les creatures, repouffés par la force, la violence, mettés vous dans la
liberté que vous ne pouués perdre & conferuer ce qui nous refte
d'affeurance, & puis que nous fommes reduits à la neceffité des
armes, ne preuenons point par vôtre trop precipitée facilité nôtre dernier malheur, ne donnons point à nos ennemis cefte tra-
gique fatis-faction, de nous voir maffacré aux yeux de l'impi-
toyable Goifuinthe. Si nous attendons le coup de la mort, fans
l'aller chercher, nous aurons au moins, a toute extremité, cefte

mourante confolation de voir que ceux qui nous voudroient
traifner au tombeau, y defcendront auec nous ; ce fera par leur
fang que nous rendrons nos funerailles illuftres ; mais bien loin
de la tout eft aduantageux, fi vous voulés ; la fleur de la No-
bleffe eft a vous, tout ce qui eft & de vaillant & de refolu fuit
vos Ordres, tous les Peuples courent auec ioye à votre feruice.
L'affection des Soldats vous promet vn fuccés affeuré, ils portent dans leurs yeux & fur leurs fronts la victoire infaillible. Ne
vous abandonnés donc pas entre les bras de vos ennemis
tant que vous aurés affés de force pour repouffer les coups qu'ils
tâchent à vous porter.

HERMENIGILDE.

N'augure rien de finiftre (cher Erafiftrate) mes bons deffains ne fçauroient auoir vne mauuaife fin. Ie ne croiray iamais
que le Roy ne fe laiffe toucher à mes prieres.

ERASISTRATE.

Pretendés vous faire (MONSIEVR) de fa conuerfion vn
miracle? ô Dieu! ouurés vos yeux aus raifons de vôtre fûreté.

HERMENIGILDE.

Ie les fermeray toûjours a celles qui pourroient faire douter
de mon innocence. La refolution en eft prife.

ERASISTRATE.

Ie regarderay la mort fans cligner & fans émotion ie verray
tous les perils, à trauers des plus effroyables ie me frayeray le
chemin à vôtre fuite. Ie donneray ma vie auec plaifir, & n'auray point d'autre raifonnement que de l'employer au feruice de
vôtre Alteffe; C'eft pourquoy ie prefereray toûjours au malheur
de n'eftre pas fuiuy en mes aduis le bon heur de la fuiure par
tout ou la valeur, ou la facilité la precipiteront.

IGERDE.

IGERDE.

Le Prince Recarede vient de la part du Roy, & demande
parler à votre Alteſſe.

HERMENIGILDE.

O l'heureuſe nouuelle ! dis luy qu'il peut venir en toutte
aſſeurance.

✿✤✿✤✿✤✿✤✿✤✿✤✿✤✿✤✿✤✿✤✿✤✿✤✿✤✿✤✿✤✿✤

SCENE III.

RECAREDE, HERMENIGILDE, ERASISTRATE.

RECAREDE.

AVparauant que ie parle du ſujet de mon arriuée, ie deſire
ſçauoir, ſi c'eſt à vn Frere, où vn ennemy.

HERMENICILDE.

Ie ſuis ce que j'ay toùjours eſté. Que ie vous embraſſe
mon Frere.

RECAREDE.

Si cella eſtoit vous rendries au Roy la méme obeïſſance que
vous luy auès toûjours rendu, & fauoriſeriés Recarede de la
méme affection dont vous l'auès honoré.

HERMENIGILDE.

Ie rends au Roy ce que ie luy dois, & ie conſerue à Recarede
ce qui ne s'alterera iamais.

RECAREDE.

Vos paro!les comblent vn Frere d'obligation : mais vos effects
preuuent mal à vn Pere que vous vous acquittiez de ce que
vous dites. Le Roy eſt vôtre Pere.

B

HERMENIGILDE.

Et ie suis son Fils.

RECAREDE.

Est-ce l'obeïssance, d'vn Fils de prendre les armes contre
son Pere?

HERMENIGILDE.

Est-ce l'amitié d'vn Pere de donner la mort a son Fils.

RECAREDE.

Il est vôtre Roy.

HERMENIGILDE.

Ie suis né son sujet.

RECAREDE.

Est-ce le deuoir d'vn sujet de se reuolter contre son Roy.

HERMENIGILDE.

Est-ce la protection d'vn Roy d'opprimer son sujet ?

RECAREDE.

Il vous a donné la vie.

HERMENIGILDE.

Ie la conserue aussi.

RECAREDE.

C'est la mal conseruer que de l'employer a la perte de celuy
de qui vous la tenés.

HERMENIGILDE.

Pardonnés moy : mais pour empescher qu'il ne perde ce
que ie luy dois.

RECAREDE.

Vous luy deués vn Fils. Vous luy rendés vn ennemy.

HERMENIGILDE.

Ie rends a l'iniuste persecution d'vn Pere, la iuste deffense
d'vn Fils.

RECAREDE.

Ha : mon Frere, puifque vous en conferués encore le Nom,
dans quels deffains injurieux le Confeil des vôtres vous à pouffé ?
Ces trouppes autres fois chargées des depoüilles des ennemis
retournoient triomphantes de la Bataille , maintenant dans la
confternation , & enfeuelies dans le düeil augurent de fi funeftes
prefages , que les funerailles du Pere doiuent eftre les con-
queftes du Fils , que le triomphe du vainqueur auffi lugubre
que la deffaite du vaincu doit affembler , par vn mefme coup
de la mort , deux ames que la Nature deuoit vnir infeparable-
ment d'vne mefme vie. Le Fils ouurira-il les entrailles du Pere?
celuy cy nagera-il dans le fang de fon Fils ? que feray-ie ! fi ce
n'eft qu'eftant de tous les deux égallement la victime ; ie reçoiue l'effort des deux armées , & que par mon Corps ie bouche
le chemin & au meurtre & à la defolation ?

HERMENIGILDE.

Cela ne fera pas. Pourquoy vous tourmentés vous Recarede.

RECAREDE.

Pourquoy m'en donnés vous l'occafion Hermenigilde ?
Pourquoy faut-il que ces penfées aueugles & étrengeres ôtent
à vôtre Nature tous les mouuemens de tendreffe ? Enfin mon
Frere, combattrons nous ? enfin tirerons nous l'efpée , & la
tremperons nous dans le crime fi long temps concerté ? Soleil
qui éclaire ces tragiques deffains , tu attacheras eternellement
en ce cruel fpectacle , les marques horribles & épouuantables
d'vn fang commun epanché , qui ternira ta lumiere , fi tu ne
precipite ton cours pour n'en eftre tefmoin.

HERMENIGILDE.

Il ne verra pas ces malheur : mais vous mécouterés vn moment,
s'il vous plait. B 2

RECAREDE.

Que faites vous, MONSIEVR, c'eſt ſi vôus ne ſçaués, c'eſt
vôtre Patrie que vous perſecutés, c'eſt elle méme qui n'a compté
ſes felicités, que par le bon-heur de vous auoit pour Souuerain,
elle, qui vous a regardé comme ſon Aſtre bien faiſant & comme ſon Dieu tutelaire. C'eſt elle meſme, dis-je, qui toute ſeiche
de douleur, trempe neaumoins ſes ioües des larmes, traiſne ſes
ornemens dans la pouſſiere, tend à vôtre glaiue ſon eſtomach
découuert, & les mémes mains qu'elle a leuées cent fois au Ciel
pour vôtre ſalut, & dans ceſte poſture ſuppliante, elle vous les
tend maintenant, pour vous prier, de ne luy déchirer point des
vôtres, ſes entrailles, de ne luy arragé pas, par vn crime jnoüy,
les anciennes marques de ſa durée, de laquelle elle attend la
conſeruation, par la votre. Mettriés vous les armes a la diſpoſition, de la colere, pour couper les teſtes & les bras qui ſont
éleués vers le Ciel afin d'implorer ſans ceſſe ſon ſecours pour
votre conſeruation. Et ainſi faiſant vn crime de leurs vœux,
& vn ſacrilege de leur Pieté, changeriés vous l'affection, dont
vous deuriés payer leur zele, en ſupplice ? Fairiés vous gemir
tant de Peuples innocens ? Marcheriés vous ſur les ruines des
Villes fumantes ? Poutriés vous voir ſans douleurs, violer les
Filles, aux yeux de leurs Peres mourants, & le ſang des ENfens
à la mamelle, meſlé auec celuy de leurs Meres, & de tant de
perſonnes qui ſe conſument en déſirs, pour votre bien, dreſ-
ſerés vous vne hecatombe de déſolation a votre fureur ? Que
reſpondroi t Dieu à vos prieres importuné qu'il ſeroit de tant d'a-
mes innocentes, qui ne ſe laſſeroient iamais d'jnuoquer ſa vengence. A préſant, comme elles ne péuuent pas penetrer les
cauſes de leur douleur, elles plaignent la main qui la luy fait :

mais le plus sensible deplaisir qu'elles ressentent, est qu'elles ne pourront desormais faire des vœux pour vôtre prosperité sans demander leur destruction. Nous nous trouuons dans la necessité de nozer implorer l'assistance de Dieu, ny pour vousny pour nous. Apres cella, voudriés vous (MON CHER FRERE) attirer sa haine & celle des hommes sur vôtre teste? Erigeriés vous sur les cendres desolées de vostre Patrie vos lamentables trophées?

HERMENIGILDE.

Dieu m'en garde mon Frere.

RECAREDE.

Mon Frere que faites vous? c'est vôtre Pere que vous voulés destruire Si vous pensés faire courageusement, vous vous trompés, la furie n'est iamais courage, si vous pensés faire iustement, vous vous abusés, la cruauté n'est iamais Iustice, si genereusement, vous pechés, la vengence n'est iamais genereuse. Qu'elle raison pût pretexter vne guerre, ou il ny à de courage, que pour perdre sa Maison, de Iustice que pour renuerser son Royaume, & de generosité que pour atterrer son Pere, qui demande la Paix. O malheur! ces pensées arrachent de ma bouche ce que i'aurois horreur de dire, & vous d'entendre. Vous ieteriés dans le bucher alumé de vôtre Patrie, vn pauure vieillard tout prest d'expirer? vous acheuerés ce peu de vie qu'il luy reste, vous en ouurirés & rauirés a son destin le dernier moment. Vous precipiterés du plus haut feste de la gloire vôtre propre Pere, & vous vous frayeres par cét illustre & pitoyable Cadaure, le chemin ensenglanté aux tyranniques marches du Royaume, & pût estre que l'insolence du Soldat l'insultera en son dernier soûpir, & qui sçait, s'il n'arrachera pas de ce corps

expirant, les Royalles, mais triftes reliques, pour faire pâlir le
Ciel & la Terre d'vne fi piteufe oftentation ? comme fi vous
ne fçauiés triompher fans parricide, ny laifler à la pofterité de
vôtre valeur que des marques cruelles, & enfin n'efcrire l'Hiftoire
de votre vie, que du fang de celuy de qui vous la tenés. Les
cheueux en heriffent à tout le monde; & fe pourroit-il faire que
votre cœur n'en feut pas touché. Mon cher Frere, ie vous prie
par tout ce qui eft de plus religieux, par le fang que i'ay commun
auec vous, par vôtre vertu, par cette dextre, par ces genoux
que i'embraffe, mon cher Frere, Ie vous fupplie, d'auoir pitié,
& de vous & de nous.

HERMENIGILDE.

Leués vous mon Frere ? que faictes vous.

RECAREDE.

Adoucicez cefte aigreur, moderés vôtre cholere, eftouffés vos
reffentiments, rendés à Hermenigilde la bonté d'Hermenigilde,
ne vous precipités point à voftre perte. Le Roy eft tout
preft, par le commandement duquel i'ay penetré iufques dans
vôtre armée. Il eft dis-ie, tout preft de vous receuoir, d'en-
feuelir toute la mauuaife intelligence paffée dans vne meilleure
vie à l'aduenir, & d'eleuer cefte fortune abaiffée au plus haut
degré du bonheur; toute la haine de ceux qui ne vous voyent
qu'à regret eft étainte dans les defirs de fe facrifier pour vous.

Vous auez la volonté de toute la Coùr, le cœur des foldats,
l'affection des peuples, & de tous vous eftes attendu comme
vn Soleil leuant. Courés donc auec moy aux ambraffements
du Roy; ou fi vous eftes encores endurcy dans vôtre obftination
immolés moy tout feul à votre rage, & du Sang de ce malheureux Frere, l'aués tous les maux qui menacent vôtre innocente
Patrie.

HERMENIGILDE.

Vous auez vaincu mon Frere, ne me preſſés plus. Ie prens Dieu à témoing ſi mon eſprit a iamais eſté ny aliené, de voſtre affection, ny éloigné du reſpect du Roy. Ces armes que vous voyés ne ſont pas offenſiues. Ie ne m'en ſuis precautioné, que pour les op-poſer à la valeur de ceux qui abuſant de la facilité du Pere, ont toûjours conclu l'oppreſſion du Fils : mais maintenant ſi vous m'aſſeurés que toutes choſes ſont aſſoupies, ie vous veux ſuyure, & armé de ma ſeulle innocence, ie m'en vay donner mes mains nües à la diſpoſition du Roy.

RECAREDE.

C'eſt à preſent que ie rends graces au Demon des Goths, que i'eſtime la vertu d'Hermenigilde, que ie vois naiſtre la ſatis-faction du Roy, & que ie fais la meilleure partie des feux de joye que tout le Royaume prepare à voſtre retour. Allons voicy Alaric de la part du Roy.

SCENE IV

ALARIC, RECAREDE, HERMENIGILDE,

ALARIC.

SI ie n'auois autant de cognoiſſance de la vertu du Prince Hermenigilde, comme ſon Alteſſe en a de la candeur du Prince Recarede, ie demanderois ſi nous deuons craindre, ou eſperer.

RECAREDE.

Ny l'vn n'y l'autre, Alaric, la vertu du Prince Hermenigilde fait ceſſer nos craintes, & tourné nos eſperances en joyes.

HERMENIGILDE.

Si vne iuſte indiference ne nous exemptoit de toutes les ap-
prehenſions, la bonté de mon Frere pourroit moderer la crainte
que vous auriés de ces troubles puis q'uil gagne les cœurs comme les batailles, & triomphe de celuy d'Hermenigilde.

RECAREDE.

Le mien reſſent trop d'aiſe pour en exprimer la grandeur &
mon Eſprit n'a aſſez de force pour en loüer la cauſe, n'y le Roy
aſſés de careſſes pour vous témoigner la ſatiſfaction qu'il en aura.

ALARIC.

Voicy de toutes les iournées la plus fortunée. Venés grand
Prince. La joye de tout le monde paſſera & l'expreſſion &
l'imagination. Tous les cœurs vous ſont encore plus ouuerts
que les portes. Chacun vous attend auec impatience, tout le
Royaume qui ſoûpiroit en vôtre abſence receura vôtre retour
comme ſa ſeulle conſolation.

HERMENIGILDE.

Que diſent les Soldats.

ALARIC.

Ils ſe diſpoſent à des rejoüiſſances vniuerſelles & vous verrés
par tout les haches & les ïauelots couronnés. *Iauelots*

HERMENIGILDE.

Ou eſt le Roy.

ALARIC.

Il n'eſt pas loing d'icy, & tout plain d'impatience ſe conſume
en deſirs de vous embraſſer.

RECAREDE.

Allons, nous diminüons de ſa vie tout autant d'années, que
nous differons de momens de luy rendre ſon vnique bon heur

SCENE

SCENE V.

ERASISTRATE seul.

O Qu'elle credulité ! vous allés, Herminigilde, monter sur
sur vn Theatre, ou vous faires la cathaftrophe d'vne fan-
glante Tragedie, vous allés , vous courés à ce facrifice , ou vous
deués eftre la Victime : Dieu vueille que mes prefages foient
faux : Ie crains pourtant la trop grande tranquillité, & vne fe-
renité calme , que la fortune & vne maraftre vous deuroient
rendre fufpectes.

ACTE II.
SCENE PREMIERE.
LA REYNE, DVRIACE, HERMENIFRIDE.

LA REYNE.

Rinceſſe Infortunée, falloit-il que le Ciel ne t'euſt reſeruée que pour voir ce funeſte iour, qui doit éclairer à la gloire de ton ennemy capital & troubler la ſerenité des tiens ? qui eſt le Dieu ſi propice à ſes vœux & ſi contraire aux miens, qui préuient ſon bon-heur & precipite mon infortune ? Recarede trauaille à la Paix de ſon Frere & à mon entiere deſolation. La rage déchire mes entrailles, trouble mon imagination, renuerſe mon eſprit, & m'a reduit dans vn ſi furieux état, que touttes mes penſées ont fait place à la triſteſſe, au deſeſpoir & à mille ſanglantes & mortelles agitations. Il retourne donc ce Fleau de nos plaiſirs, cette peſte de nos biens, ce bourreau de nos contentements ; Il retourne donc tout fier de nos depoüilles, bouffi des careſſes d'vne Fortune naiſſante & ineſperée ; Il retourne tout inſolent d'en auoir repouſſé les traits lors qu'il en deuoit eſtre mortellement attaint. O furies imbecilles puiſque vous n'aués pû pouſſer celuy qui étoit déja penchant ſur le bord du precipice ! O Enfers diſeteux puiſque vous étes ſi toſt épuiſés de vos nuiſibles inuentions. Faut-il

que la Fortune ne m'ait fait monter sur sa roüe par vn escalier à
repos, que pour ne me voir dans cesté éleuation, que sur vn point
qui menace ma cheute, & la deffaite de son ouurage de plusieurs
années, dans ce moment. Faut-il que ie viue apres n'auoir sçeu
perdre celuy que ie ne puis voir sans mourir ? que consultes tu
lâche ? qu'hesites tu irresoluë ? qu'attends tu, si ce n'est de voir
celuy, que tu ne puis regarder, que comme vn Basilic, qui porte
la mort dans ses yeux, ou comme l'objet de ton horreur, éleué
en sa superbe & insuportable domination ! ne traisne point vne
vie plaine de tant de douleur & de confusion, ne suruis pas a la
vanité de cét insolent, & preuiens, par vne mort fauorable, le
dernier malheur de ton miserable sort. Mourir, sans traisner au
tombeau, celuy dont la vie t'est pire que la mort ? étaindre ta
haine, sans luy en faire ressentir les flammes ? ce seroit-là ta derniere honte, & son plus grand bon-heur. Vis plûtost : mais ne
vis, que pour l'étouffer dans le Sang de cét abominable, susciter
touttes les furies, & faire vomir tout ce que l'Enfer à pour la
pelte des hommes, & de plus execrable, & de plus étonnant.
Alume des feux par toute ceste terre ennemie, enyure la du
sang de ses Enfans, étouffe celuy-cy entre les bras de son Pere,
& dans l'execution de quelque crime inoüy, signalle toy de l'inuention & de la gloire de l'auoir employé à sa perte. Mes efforts
sans effet iusques icy, ne changent, ny mon dessain, ny ma
haine, celle-cy se r'alume dans mon cœur & y est plus actiue qu'auparauant, He bien Duriace voulés vous voir, voulés vous assister
aujourd'huy au triomphe d'Hermenigilde?

DVRIACE.

Ie veux sortir du Monde s'il retourne à la Cour : celà ne
sera pas Madame.

C 3

LA REYNE.

Il n'eſt que trop veritable, que ie verray à ma honte, ceſte
Paix ennemie reprocher mes deſſains impuiſſans, & authoriſer
ceux de ce pernicieux, que faut-il faire Hermenifride?

HERMENIFRIDE.

Souffrir auec patience ce qu'on ne pût éuiter ſans ſe jetter dans
vn malheur.

LA REYNE.

Ce n'eſt pas ainſi que l'on repare ſes pertes, c'eſt ainſi que
l'on les multiplie. Souffrir auec patience le deſeſpoir, la rage?
Souffrir vn monſtre qui nous deuorera? N'écouté plus ceſte
penſée ſi lâche, à quoy eſtes vous reſolu Duriace.

DVRIACE.

A éuiter auec addreſſe ce qu'on ne pût ſouffrir ſans mourir
tous les iours.   HERMENIFRIDE.

Duriace le bonheur eſleue le Prince ſi haut, qu'il eſt à l'eſ-
preuue de tous les traits de la Fortune.

DVRIACE.

Son éleuation le met mieux en butte a ſes foudres.

HERMENIFRIDE.

Tout jonché de Lauriers?

DVRIACE.

Elle le couurira de Cyprés?

HER MENIFRIDE.

Il verra ſans s'émouuoir au deſſoubs de luy, dans ſa Grandeur,
& ſe rira de tous nos foibles efforts.

DVRIACE.

Il verra auec effroy, & meſurera auec la mort, la hauteur
de ſon precipice.

HERMENIFRIDE.

Ne nous flattons point Duriace. Il ne pût plus eſtre renuerſé
que de ſa propre fortune. Il eſt dans le port ; tous ces orages ne
ſeruiront qu'a venir briſer leurs flots, ſans point d'autre effet
que celuy de ne laiſſer pour tous ces deſſains écumans qu'vn peu
de baue à ſes pieds.

LA REYNE.

N'aués vous point d'autre remede que celuy de deſeſperer,
nos affaires pour redoubler nos craintes? Hermenifride ie vous
ay iuſques icy eſtimé; par-ce que ie vous ay creu Homme d'execution pour vne affaire, & d'affection pour vôtre Reyne, & vôtre
Maiſtreſſe ; ie ne puis perdre l'opinion de l'vn & de l'autre, que
par la continuation d'vn diſcours ſi importun & ſi timide, il
s'agiſt d'acheuer ce que nous auons commencé : au reſte il le faut
perdre ou mourir. Les difficultés doiuent eſtre le prix de la
gloire, & non pas vn ſujet de terreur & deſpouuente au cœur
de quiconque eſt Genereux, au rencontre deſquelles pour
obtenir la victoire, le moyen eſt la reſolution comme la fin eſt
la force.

HERMENIFRIDE.

Madame, ie n'ay differé iuſques icy de loüer ce deſſain que
par-ce que la raiſon & vn juſte deſeſpoir, me faiſoient trouuer
l'impoſſibilité d'vn ſuccés ſi dangereux : mais ie les fais céder
au deſſain de voſtre Majeſté, auec d'autant plus de joye, que
par là elle connoiſtra, que pour céte execution, & pour le ſeruice
de ma Reyne, & de ma Maiſtreſſe, ie ſuis capable de tout faire,
ſi ce n'eſt de ne réculer iamais d'vn pas, quand il s'agira pour
ſon intereſt d'affronter la mort meſme.

La REYNE.

Céte determination d'Hermenifride ne fçauroit eſtre trop
loüée d'vne Reyne, ny affés recompenfée d'vne Maiſtreſſe. Le
feul moyen de nous tirer & vous & nous du malheur qui nous
menace, c'eſt d'y plonger celuy qui nous y pouſſeroit; vous me
verrés dans peu de temps auec tout ce qu'il faut pour l'éuiter
heureuſement. Duriace vous aués trop de cœur, & vous trop de
generofité, pour reffuſer de mettre la derniere main a ce que
nous ne pouuons laiſſer imparfait, fans en perdre & l'occaſion
& la vie.

✳✳✳✳✳✳✳✳✳✳✳✳✳✳✳✳✳✳✳✳✳✳✳✳✳✳✳✳✳✳✳✳

SCENE II.

LE ROY, LEONIDAS, IGERDE.

LE ROY.

IE ne fçay que trop a mon dommage, quel leuain de malheur
eſt vn Fils denaturé: les Dieux ne m'ont donné ceſte ſterile
fecundité, que pour m'expoſer a toute la terre, d'vne trompeuſe
fortune le lamentable ſujet, & mes affaires font dans vne telle extrémité, qu'il faut ou que ces mains qui ont ſi ſouuent porté l'ef-
pouuente & la mort chés les ennemis, foyent maintenant employées a la feignée de mon fang corrompu; ou bien ſi ie fuis
à charge aux Dieux, me voir tomber en celles d'vn Fils denaturé,
qui épanchera le mien auec delice. Mon Fils Recarede ne reuient point, ie crains que cét execrable n'ait fait, dans le ſein
de ſon Frere vn prelude, & vn eſſay de fa cruauté, pour en porter,
s'il pouuoit, le poignard defia rouge de ceſte perfidie, dans celuy

de fon Pere, & acheuer en celuy-cy le crime qu'il aura commancé en l'autre; Aux armes, aux armes. Voyés si tout est
prest, preuenons nos ennemis, faisons leur treuuer, dans leur
rebellion, leurs funerailles. Purgeons par vn dernier. mais vio-
lent remede, ceste terre d'vne si dangereuse contagion.

LEONIDAS.

C'est à vôtre Majesté (Sire) de commander & à nous d'executer aueuglément ses Ordres, de ne pretendre de nos seruices, &
de nos vies que la gloire de les auoir employées à nos deuoirs,
toutefois si elle souffre la liberté de mes sentimens, ie diray
qu'en vne affaire de si haute importance, la precipitation est tres
dangereuse; elle à commis au Prince Recarede, le salut de tout
ce Royaume, & par ce qu'il reuient vne heure plus tard qu'on
ne croyoit, sans en attendre le resultat, elle commande que
nôtre armée fasse irruption sur l'autre, pour qu'enuelopé dans
vne émotion impreueüe tumultuaire, soit emporté dans le
conflict des Trouppes, ou perisse soubs les pieds des cheuaux.
SIRE, c'est à vn Frere à qui vôtre Majesté à enuoyé l'autre.

LE ROY.

C'est plûtôt à vn Bourreau à qui i'ay liuré Recarede. Il ne
reuient point, ou parce que ce Barbare luy oste le moyen de reuenir, ou peut estre de viure.

LEONIDAS.

Que vôtre Majesté ne traite pas si mal la generosité de son
Sang, elle ne peut tirer de ce retardement, qu'vn augure asseuré
du retour des deux Princes. Elle les verra bien tost.

LE ROY.

Ie les verray, peut-estre trop tost l'vn dans vn cercüeil, & l'autre
disposé à le faire seruir de marche-pied pour monter sur mon

Trône. Courons, ce qui retarde l'arriuée de mon Fils doit faire voler noftre armée, pour en fçauoir la caufe, que i'aprendray fans doute en mefme temps que fa mort : empefchons au moins fi nous pouuons ce qu'il refte à commettre de cefte abomination, & fi noftre fecours à efté trop lent, redoublons fa viteffe & le reffentiment, pour venger & plus promptement, & plus feurement fur vn fang indigne, l'énorme indignité d'vn fratricide deteftable ; ne donnons plus de d'ilay a mes mortelles inquietudes.

IGERDE.

Sire le Prince Recarede vient falüer voftre Mejefté.

LE ROY.

Ou eft il ? que ie l'embraffe.

❦ ❦ ❦ ❦ ❦ ❦ ❦ ❦ ❦ ❦ ❦ ❦ ❦ ❦

SCENE III.
LE ROY, RECAREDE.

LE ROY.

MON Fils par quel bon-heur vous tiens-je maintenant entre mes bras ?

RECAREDE.

Par le mien propre Monfieur.

LE ROY.

Il eft bien grand, puifqu'il vous tire de ceux de la mort.

RECAREDE.

Il m'eft bien cher ; puifqu'il en arrache Hermenigilde.

LE ROY.

LE ROY.

C'eſt donc des mefmes qu'il vouloit porter iuſques dans mon eſtomach? **RECAREDE.**

C'eſt des mefmes qu'il en vouloit ouurir le ſien, pour faire voir à découuert la cauſe de la triſteſſe qui peignoit ſur ſon pâle viſage, la viuante Image de la Mort.

LE ROY.

Comme ſon cœur n'a iamais conçù que des méchancetés, en les faiſant voir, il euſt monſtré que ſon viſage n'en pâliſſoit malgré luy que parce qu'il en auoit horreur.

RECAREDE.

C'eſtoit, Monſieur, l'éffet de ſa vertu, & non pas de ſon crime, qui laiſſoit à ſes yeux l'expreſſion de la douleur, qui ſerroit ſon cœur, de ce qu'il ne pouuoit pas monſtrer à vôtre Majeſté le mal qui l'accabloit, en la perte de ſon affection? & c'eſt pour le faire voir, qu'il ſe diſpoſoit à ouurir ſa poictrine, qui en déroboit la connoiſſance aſſeurée.

LE ROY.

C'eſt plûtôt, Recarede, vn aueugle effet d'vne opinion preuenüe, & de voſtre bonté, & de ſon ame fourbe, qui nous donne ceſte croyance.

RECAREDE.

Ie croy que vôtre Majeſté ſeroit forcée d'éffacer ce ſoupçon, ſi elle le voyoit tout ſeul ſe ietter à ſes pieds.

LE ROY

La connoiſſance que i'ay & de ſa perfidie & de ſon obſtination m'exemtera toûjours heureuſement de ceſte credulité.

RECAREDE.

L'éuenement faira n'aiſtre en vôtre Majeſté des meilleurs ſen-

D

timens. Enfin Monſieur; Hermenigilde n'ayant iamais eû d'autres penſées que celles d'affection, & de reſpect, pour vos volontés, retourne & de plus, s'il vous plait, il eſt tout preſt de les receuoir, & de vous venir faire la reuerence.

LE ROY.

L'amitié Fraternelle vous fait, par vne ſpecieuſe diſſimulation,
faire ce que celle d'vn Pere vous porte a deteſter : mais dites-moy
auec quel viſage ? auec quel accüeil vous a-il reçû ? comment
l'aués vous trouué ? en quel eſtat.

RECAREDE.

Monſieur, l'ay vû ceſte bonne mine, qui preuient meſme
les volontés. l'ay vû dis-je : mais non pas ſans horreur, ce
Prince de tous les hommes le plus accomply, enſeuely dans le
düeil, tout paſſe de triſteſſe, dans cet affligeant & aymable deſordre, ou la beauté languiſſoit auec la pitié, la douleur paroiſſoit
dans ſon Triomphe : mais cependant, il eſtoit ſi fort changé de
voſtre Hermenigilde, qu'il n'eſtoit connoiſſable que par les marques de ce grand cœur, d'eſtre ſi affligé & de n'en mourir point;
auſſi eut-on pris ſon corps pour ſon ombre, tant il eſtoit deffait.
Il étouffoit, pourtant touttes les plaintes de l'eſtat miſerable, ou ſa
mauuaiſe fortune l'auoit abaiſſé, pour n'en donner que quelques
foibles reſſentimens aux conſeils de ceux qui l'auoient mis mal
dans voſtre eſprit, & c'eſtoit toûjours auec tant de moderation,
qu'il eſtoit de ferment de s'expoſer plûtoſt a la haine de ſes ennemis, que de faire douter qu'il n'eut mieux aymé manquer de vie
que de reſpect pour V. M. & d'obeïſſance pour ſes commandemens, & c'eſt dans ceſte reſolution que ie l'ay treuué qu'il venoit :
mais des qu'il ma veu, il ne m'a pas ſi toſt aperçû, qu'il a couru
m'embraſſer ; j'ay reçû par des tendreſſes ſon affection, qu'il

m'a rendües auec vsure, & dans ces rauissantes caresses qu'il m'a faites, nos ames se sont insensiblement colées comme nos corps, aux yeux de tous les Soldats, & comme s'il m'eut transmis la sienne, son esprit est demeuré extasié, & le mien suspendu, & peu aprés reuenant a luy il a donné a ses l'armes la liberté qu'vne insensible sensibilité leur auoit disputée ; il les a confondües auec les miennes , & par ces mutuels & cent fois redoublés mouuemens de sang, on nous a vû solemniser la force & la proximité de celuy que nous auons l'honneur de tenir commun auec vous. Il ma iuré partout ce qu'il à de plus sacré que iamais le desir de la vie ny la crainte de la mort n'ont fait la moindre, de ses pensées , & que s'il formoit des plaintes c'estoit seullement par ce que l'imposture attacheroit a son cercueil les fauses marques de la perfidie. Que le seul sujet de son eloignement ne feut, que pour se tirer des griffes de l'enuie, Iusques à ce que dans vn temps moins ennemy & plus fauorable il pût mettre, au iour auec les preuues de son obeïssance, les veritables effects de son affection : d'où vient qu'il n'a pas attendu la fin de tous ces obstacles : mais il a commancé d'en donner à vôtre Majesté des preuues indubitables. Elle apprendra de sa bouche mieux que par ma relation, qu'il n'a point de plus forte volonté, que celle de se soûmettre a la sienne, & pour la receuoir il vient muny de la seulle asseurance qui accompagne les Innocens. S'il vous plaist qu'il entre.

LE ROY.

Non seulement ie veux, ie le souhaite , & ie le commande. O tendre Nom de Fils ! ô force de mon Sang qui échauffés si fort mon amitié, que ses feux étouffés se r'allument, auec tant de chaleur, que mon cœur brusle d'aise. Ou est-il ?

SCENE IV.

RECAREDE, HERMENIGILDE, LE ROY.

RECAREDE.

VOila, Monſieur, voſtre Hermenigilde.

HERMENIGILDE.

Voicy, Monſieur, ce rebut de la colere du Ciel, & quelque
éuenement que mon arriuée puiſſe auoir toûjours vôtre tres-
obeïſſant Fils, interdit du Feu & des Lares, qui par l'artifice de
ceux qui auoient armé voſtre Majeſté contre luy à mĕinĕ vne
vie mourante, banny de toutte la Terre, ſi ce n'eſt de quelques
affreuſes montagnes & relegues deſerts, ou les brutes moins in-
ſenſibles à ſes infortunes, ſe laiſſoient tant ſoit peu toucher à ſa
douleur & ſouffroient, qu'il y traiſnât vne vie empruntée & paſſa-
gere. Si la haine de mes ennemis n'eſt pas encore aſſouuie, &
que plus endurcis que les rochers, plus cruels que les Lyons, &
plus alterés du ſang que les Tygres, ſoient encore auides de ces
pitoyables reſtes de vie, que la ferocité des animaux a épargnée,
ſi enfin ie ſuis vne victime deuoüée à leurs ſanglants Sacrifices,
voila ces pures & vuides mains que ie vous tends; ie ne refuſe
point les liens moins encore la mort, que ie treuueray toûjours
cent fois plus douce, qu'vne vie qui pouroit eſtre odieuſe à
vôtre Majeſté, s'il faut du fer pour en couper le cours voila
mon eſtomach pour en receuoir le coup mortel, i'en chercheray
la fin dans le poiſon, ou ie la forceray dans les precipices, ſi vous

qui en eftes l'arbitre en prononcés l'Arreſt : mais au moins ie
donneray à mes abois ceſte mourante ſatisfaction, ce dernier
contentement à mes yeux mi-ſillés, de voir mon corps chan-
celant trebucher, auec la mort à vos pieds, rendre mon dernier ſoûpir à vos genoux, & enfin à mes manes, ce repos Eter-
nel, d'auoir dépeint, par les ruiſſeaux de mon ſang, l'innocence
que ie n'ay pas voulu deffendre par la force des armes.

LE ROY.

Apres combien des tourmentes, apres combien d'orages
vous tiens-ie dans mon ſein, mon Fils?

HERMENIGILDE.

Apres combien de dangers de naufrage, me vois-je dans
vn port ſi ſouhaité, Monſieur?

LE ROY.

O mon Fils?

HERMENIGILDE.

O mon bon Pere?

LE ROY.

Hermenigilde?

HERMENIGILDE.

Monſieur?

LE ROY.

Oſtés vos bras de ces genoux pour les porter au col de
voſtre Pere, mon Fils?

HERMENIGILDE.

Mon tres cher Pere?

LE ROY.

Le Ciel ne me pouuoit iamais mieux payer le déplaiſir de
voſtre abſence, que par la ioye de voſtre retour.

Il ne pouuoit iamais mieux finir mes miseres, que par la grâce qu'il m'a faite de vous y laisser toucher.

LE ROY.

O combien vous en a uez souffert !

HERMENIGILDE.

Beaucoup , Monsieur , mais elles perdent ce nom depuis qu'elles ont donné à vostre Majesté, sujet de tendresse, & à moy celuy de la receuoir.

LE ROY.

Que ie vous embrasse mon Fils, ie vous serreray si bien , entre mes bras, que vous n'en échaperés plus.

HERMENIGILDE.

Ie me coleray si fort à vos genoux, qn'on ne m'en arrachera iamais, & i'y donneray tant des marques de la verité & de mon affection & mon obeyssance; que que vostre Majesté ne doutera plus n'y de mes respects n'y de ma fidelité.

LE ROY.

Mon Fils, i'ay de vostre bon naturel la connoissance si grande, que ie n'en exigeray iamais des preuues plus fortes que celles de vostre retour; ie sçay bien que la medisance auoit alteré ces bonnes pensées & peut estre les sang : mais viuons mieux & étouffons dans des meilleurs traitemens à l'aduenir, vous la memoire de vos souffrances passées , & moy celle de vostre éloignement. Ie me sens rajeunir, & auec ceste joye qui comble mes esperances, ie vois naistre mon souuerain contentement de vostre entiere satisfaction Secoüés ceste poussiere redonnés à vostre visage sa premiere serenité & à vostre corps les ornements qui sont deuz à vostre naissance.

HERMENIGILDE.

Monſieur i'ay eſté trop malheureux puiſque ie vous ay pû déplaire, ie n'ay trouué la vie ſupportable, que par l'eſpoir de vous faire voir mon innocence, & comme ie ne me pouuois juger coupable par la conſcience de mes reſpects, ie m'eſtimois cependant le plus malheureux des hommes, par le ſentiment de ma diſgrace, ſi ie n'ay ſçeu éuiter de l'encourir, i'ay pû conſeruer dans mes maux, autant de moderation qu'il en a fallu, pour ne permetre que leur violence ait arraché de ma bouche la moindre parolle, contre leur innocente cauſe. l'ay aymé d'elle iuſques aux arreſts de la mort : mais maintenant, que de mon abaiſſement ie me voy éleué en vn bonheur qui ſurpaſſe & mes penſées & la croyance de ceux qui m'en auoient precipité, ie ne le regarderay iamais, que ie ne deſcende dans vne tres hûble reconnoiſſance, & vne tres reſpectueuſe veneration des mains qui m'en ont retiré. Ie me conſume deſia en deſirs, pour trou- uer dans l'occaſion d'employer pour voſtre Majeſté, la vie qu'elle me redonne, le moyen de faire connoiſtre que la con- ſeruation de la ſienne fait toutes mes penſées, & mes ſouhaits.

l'eſpere luy en donner tant de témoignages, qu'elle ne ſe repentira point de ſa bonté, de laquelle ie n'abuſeray iamais auſſi, que pour la prier d'adjouſter aux biens qu'elle me fait, la grace de ceux en qui mon infortune a fait eſſay de l'amitié ſans diminution de la fidelité qu'il luy deuoient.

LE ROY.

Ie loüe en eux l'affection de s'eſtre attachés à la perſonne & non pas à la fortune de leur Maiſtre ; ie les en ayme & leur donne la meſme liberté qu'ils auoient auparauant.

HERMENIGILDE.

Ils ne la reçoiuent, Monſieur, que pour ſacrifier leur vie
au ſeruice de voſtre Majeſté.

LE ROY.

Voicy le iour le plus fortuné qui ait éclairé aux Goths.
Venés mon Fils, & auec voſtre Pere & auec ces Meſſieurs pour
voir les rejoüyſſances qu'on prepare à voſtre arriuée.

HERMENIGILDE. *tout bas, à Eraſiſtrate.*

Hé!bien Eraſiſtrate? tout eſt calme, vous voyès auec q'uels ap-
plaudiſſemens on nous reçoit?

ERASISTRATE. *tout bas.*

Quoy qu'il en ſoit, ie crains trois choſes; de la Mer, vne
trop grande bonace; d'vn vieillard, vne ſi fort Amour, &
d'vne belle Mere, vne feinte amitié.

ACTE III.
SCENE PREMIERE,
LA REYNE, DVRIACE, HERMENIFRIDE.

LA REYNE.

ON ne parle maintenant que des feſtins, & des diuer-
tiſſemens. Le Roy iuſques icy auoit dans ſes yeux
caché ſouz les feux de ſa colere ceux de ſon affection
pour Hermenigilde, & à preſent il n'en a plus pour
d'autre vſage que pour le voir auec ioye. Il l'écoute, il l'obſerue, &
il à tellement redoublé ſon amitié, qu'il ſe paye auec vſure de ſon in-
termiſſion. Que nous reſteroit il donc, ſinon de preſter nos teſtes
ſouz les coups mortels, qui retomberoient ſur elles, pour les auoir
vainement pouſſés ſur la ſienne, ſi ce n'eſt que nous emploions nos
derniers efforts pour conſeruer cequi nous reſte de bien, par la mort
de celuy qui l'acheueroit. Il faut en vn dernier mal-heur vne ex-
trême réſolution, i'en ay aſſés pour ne perdre iamais la volonté de
l'attaquer qu'auec ſa vie ou la mienne; mon eſprit n'agueres im-
puiſſant tireroit de la foibleſſe, le fer, le poiſon, le meurtre & les plus
funeſtes inuentions, ſi la plus ſpecieuſe & la verité meſme ne m'en
exemptoit aſſés heureuſement. Qu'attendons nous d'auantage : il
eſt Chreſtien, il eſt Papiſte, ce qu'il ne niera iamais; c'eſt par là qu'il

E

le faut prendre, c'eſt par ce foible ou il faut aſſeiner noſtre coup, ou le peu de précaution doit faire place à la bleſſeure.

DVRIACE.

Vôtre Majeſté prendra garde, s'il luy plaiſt, qu'il ne faut pas haſarder nos coups : mais les rendre mortels.

LA REYNE.

En voicy vn qui porte la mort meſme.

HERMENIFRIDE.

Ou nôtre deſeſpoir.

LA REYNE.

S'il n'eſtoit infaillible.

HERMENIFRIDE.

Hermenigilde à ſi bien émouſſé toutes les pointes des autres, que la verité n'a pas ſeulement laiſſé à la Cour lieu d'ombre de ſoupçon.

LA REYNE.

Celuy cy ſera le dernier mais ſi ſurprenant, que la verité ſeruira au menſonge, pour le conuaincre & le faire mourir deuant toute la Cour.

HERMENIFRIDE.

Si pour eſtre Papiſte eſt vn crime ſuffiſant pour le faire mourir, on le peut accuſer.

LA REYNE.

Si pour eſtre Papiſte il peut eſtre accuſé, pour peu qu'on y adjouſte il ſera conuaicu. Ces deux lettres que Duriace a ſçeu ſi bien contrefaire portent trop ſa deffaite, tenez les voila ; Hermenifride vous portez dans vos mains vôtre vie, vôtre fortune, & le plus grand bôheur qui vous puiſſe arriuer, ſi vous en vſez bien ; & àfin que vous n'en conçeuiez pas des eſperances communes, ſçachez que c'eſt vne Reyne que vous obligez tant, & dans cette entrepriſe, & ceſte execution, quelle ne vous en fera pas moins redeuable que de son repos, & de sa vie, vous la mettriez au hazard auec la vôtre si vn euenement cōtraire à son attente rrabissoit l'opinion qu'elle a con-ceu de vôtre fidelité. DVRIACE i'ay trop de certitude, la vôtre pour en douter iamais. Ie m'en vay trouuer le Roy, vous me verrez auec luy, composez vous de sorte qu'il ne s'apperçoiue point de la trom-perie de cette necessaire imposture, soustenez fortement que c'est l'effet de l'intelligence d'Hermenigilde & des Grecs. I'appuyeray addroitement vos raisons; & affin qu'on ne soupçone les miennes ou d'interest, ou de vengence; l'affection les déguisera, l'affectation les presentera, & enfin la credulité les introduira dans l'esprit du Roy; cependant ie le vay entretenir.

DVRIACE.

Madame si la fortune seconde aussi bien cette affaire comme nous auons & de desir & de resolution de la faire reüssir V. M. aura suiet de ne douter iamais de nos seruices, & nous la satisfaction de luy auoir rendu celuy-cy.

SCENE II.

HERMENIFRIDE ET DVRIACE, restent seuls.

HERMENIFRIDE.

MEnteuse satisfaction de ne la chercher que dans l'imposture?

DVRIACE.

Veritable contentemēt d'y faire trouuer la mort de son ennemy?

HERMENIFRIDE.

Iniuste mort qui n'aist d'vne vie si horrible.

DVRIACE.

Iuste ressentiment qui assure sa vie par vne mort necessaire.

HERMENIFRIDE.

C'est vne vie bien monstrueuse, quand elle ne se conserue, que par la perte des autres.

DVRIACE.

C'est vne perte bien heureuse, quand vne seulle donne le moyen de viure à plusieurs.

HERMENIFRIDE.

Le Prince est Innocent Duriace?

DVRIACE.

Et nous criminels? Hermenifride.

HERMENIFRIDE.

Nos crimes nous doiuent faire repentir?

DVRIACE.

Oüy de n'estre pas assez grands?

HERMENIFRIDE.

Acheués les donc tout seul?

DVRIACE.

Ie les ay commancés auec vous.

HERMENIFRIDE.

Commancés donc d'en auoir du regret auec moy, & cessés d'en commettre.   DVRIACE.

Ie commanceray d'y penser quand mon ennemy cessera de viure, ie les finiray par sa mort.

HERMENIFRIDE.

He! qu'il est mal asseure de s'appuyer sur ceux qui sōt menacez d'vne mefme chûte, vous precipiterés la vôtre, vous le verrez Duriace, vous la perdrez dàs le deffain de vous venger, depuis que nous côposons nos obeyffances feruilles aux mouuemens precipités de l'efprit foible de cette femme furieufe, vous auez veu le fuccés de nos entreprifes fe terminer en fumée, & le refultat de la calomnie n'auoir ferui qu'a lauer l'accufé, & noircir les accufeteurs ; fon demon tutelaire luy à ouuert le chemin au Palais, à trauers de tous les obftacles que nous auons inutillement oppofés a fon retour, la rage mefme ne trouueroit pas dequoy mordre fur l'opinion qu'on à de luy, qu'elle apparance d'attaquer maintenant vn Prince éleué en vn fi fublime degré, qu'il n'y auroit que le Ciel qui le pût incommoder, fi fon innocence & fa vertu ne le mettoit à l'abry de fes foudres?

DVRIACE.

Voila ceux qui grondent dif-ja fur fa tefte & qui l'écraferont, il fuffit que ie faffe voir au Roy ces deux lettres? le voicy.

✤✤✤✤✤✤✤✤✤✤✤✤✤✤✤✤-✤-✤✤✤✤✤✤✤✤✤✤✤✤✤✤

SCENE III.

LE ROY, DVRIACE, LA REYNE, HERMENIFRIDE.

LE ROY.

D'O v vient que dans vne joye fi commune vous eftes les feuls qui n'en aués point témoigné?

DVRIACE,

Nous auons crû (SIRE) que ce qui pouuoit refioüyr les autres, nous deuoit affliger.

LE ROY.

Le bon-heur vniuerfel fait donc voftre mal propre?

DVRIACE.

La crainte qu'il n'en arriue à voftre Majefté fait tous nos plus fenfibles ?

LE ROY.

Vous n'auez point fujet de crainte, & beaucoup de vous refioüyr ?

DVRIACE.

C'eft a ceux qui defirent a voftre Majefté la fin de fa vie de triompher ; mais a nous qui en fouhaittons la conferuation, d'en auoir du regret?

LE ROY.

A quoy aboutiffent tous ces difcours?

DVRIACE.

Au falut de voftre Majefté ?

LE ROY

Comment ?

DVRIACE.

Ce jourd'huy fera de fa vie le dernier, fifon bon genie en qui le falut de fa perfonne eft commis n'en détourne le coup qui en doit abreger le cours?

LE ROY.

Vous augurés mal, les affaires font pacifiées, Hermenigilde eft de retour.

DVRIACE.

Pleut à Dieu qu'il fuft encore dans fon camp, nous nous deffendrions de la violence de fes armes : mais qui empefchera que dans ces embraffemens, le mefme bras qui vous ferre, ne plonge le poignard dans le corps qu'il careſſe ?

LE ROY.

Pourquoy routtes ces doutes ? ie connois en mon Fils & la bonté & la fidelité ?

DVRIACE.

Et c'eſt cette opinion qui en feroit faire vne experience con-traire ; mais trop funeſte ſi voſtre Majeſté ne ſouffre que nous prenions ſoin de cette vie en la fin de laquelle, nous voyons la perte aſſeurée de toutes celles de ſes plus fidelles ſujets.

LE ROY.

S'il y a quelque choſe de monſtrueux caché ſouz vne nouuelle conſpiration, faites m'en promptement le recit ?

DVRIACE.

Si voſtre Majeſté le veut ſçauoir dans vn mot, Hermenigilde eſt de meſme religion que vos ennemis irreconciliables.

LE ROY.

Il eſt Romain ?

DVRIACE.

Il l'eſt, SIRE ?

LE ROY.

Obſeruateur des meſmes ſupertitions ?

DVRIACE.

Oüy SIRE ; voſtre Majeſté ſe peut maintenant douter des choſes dont le ſeul ſouuenir confond mon eſprit ?

LE ROY.

Qu'elles ?

DVRIACE.

I'ay horreur de le dire ; il faut que ma parolle coure ou la pouſſe le deuoir, & que i'accuſe Hermenigilde parce que i'aime le

Roy, le respect que ie dois au sang d'vn Prince fermeroit la bouche à la verité, si le mesme ne l'ouuroit au ressentiment, pour tirer
le Royal d'vn peril épouuentable & pour vous asseurer que les ennemis de vostre Majesté, ont mis sa teste à l'encan ; il s'en sont par
le crime d'Hermenigilde promis le massacre, & parce que les armes luy ont esté peu fortunées, ils ont recours à la perfidie ; ils
luy ont persuadé de retourner à la Cour, pour que souz vne fau-
se apparence de recóciliation il s'introduise en vos bonnes graces,
& enfin qu'il prenne l'occasion aux cheueux & qu'il mette la derniere main à cette œuure execrable. Ces lettres interceptes depuis peu, vous informeront mieux que moy de ceste verité. Que
dira on à cella ? **LE ROY.**

Voila Madame les fruicts de ce rétour, pour qui vous aués eu
tant de joye, & moy tant de contentement.

LA REYNE.

Il n'y à point d'aparence (Monsieur) qu'apres luy auoir fait
tant de biens, qu'il ne pût tenir que d'vne bonté sans égalle ; &
pardonné des crimes, que tout autre que vostre Majesté, eusse l'a-
ué dans son sang, il ait vne nature si denaturée, pour n'estre &
toute pleine de desirs d'effacer par ses respects, les mespris du passé, & de reconnoistre la grace que vous luy aués faite, par son
obeïssance, à l'aduenir.

LE ROY.

Voila les effects de sa reconnoissance, il verra bien tost ceux de
sa punition, s'il en est conuaincu, ie scay que ma trop gráde indulgence à donné à sa méchanceté vn ingrat motif à la reproduire :
mais la promptitude du chastimét preuiendra ces dessains parricides en leur conception ; elle les fera auorter par la mort de celuy
qui les forme. Il en faut sçauoir la verité.

LA REYNE.

LA REYNE.

Ie ne ſçaurois croire qu'il les pûr auoir ſi énormes, ſi vne perſua-
ſion ennemie & étrangere ne les luy à inſpirés, & pour le ſçauoir,
il ſeroit bon que voſtre Majeſté le fit venir au plus toſt, & auec
induſtrie, tirer de ſes diſcours quelque connoiſſance s'il eſt
Romain, que s'il l'eſt ſans ſon conſentement, alors l'authorité
Royalle, & Paternelle monſtre aſſés clairement quel traitement
il merite : mais auſſi ; il ne l'eſt pas, ie ſoupçonnerois de calomnie
ceux qui l'accuſeroient de l'impieté qui dans cette Religion ſert
d'vn principe à la vertu, de paſſer par vn murtre pieux ſur le ventre du Père, pour venir à la perfection qu'elle propoſe, & quand
il ſeroit tel, ie croys que la reconnoiſſance de ſa faute, ſon repentir,
& les témoignages qu'il donneroit de ſes regrets amoindriroient
la ~~iuſte~~ Iuſtice de vos reſſentimens, qui ne ſçauroient eſtre trop
ſeueres à punir vn opiniaſtre atachement aux maximes de vos ennemis, contagieuſes à l'eſtat & funeſtes à voſtre perſonne. Il treu-
uera ſon pardon dans ſon obeïſſance, ſi voſtre Majeſté exige de
luy l'abjuration de ſa Foy, il luy obeïra.

LE ROY.

Nous le ſçaurons bien-toſt : ce pendant il faut prendre garde
qu'il n'eſchape à mes reſſentimens.

SCENE IV.

RECAREDE, ERASISTRATE.

RECAREDE.

Qve ie suis satisfait, Erasistrate, de voir Hermenigilde si bien
aupres du Roy.

ERASISTRATE.

Ie le serois encore plus, Monsieur, si la crainte ne moderoit
ma ioye.

RECAREDE.

On à de la ioye pour les biens presens.

ERASISTRATE.

Et de la crainte pour les maux à venir.

RECAREDE.

Ie ne voy point de mal dans tout ce bon-heur qui nous rit
maintenant.

ERASISTRATE.

Ce n'est pas aussi le present qui fait mes aprehensions : mais
ma pensée qui s'occupe du futur, m'en fait auoir des présentimens
qui me troublent.

RECAREDE.

Elle est ingenieuse à vostre dommage, puisqu'elle preuient
des malheurs qui n'arriueront iamais, que par les émotions qu'ils
vous donnent.

ERASISTRATE.

Mes inquietudes ne viennent que de la connoiſſance que j'ay
que nous ſommes à la veille de voir les plus funeſtes.

RECAREDE.

Il ny à point d'aparence Eraſiſtrate?

ERASISTRATE.

Il y a grande raiſon, Monſieur.

RECAREDE.

D'ou la tirés vous ?

ERASISTRATE.

De l'humeur de la Reyne.

RECAREDE.

Elle voit Hermenigilde & Indegonde de fort bon œil?

ERASISTRATE.

Bon comme ceux d'vn Baſilic.

RECAREDE.

Elle teſmoigne & pour eux & pour moy vne grande affection:
mais particulieremét pour Hermenigilde des tendreſſes de mere.

ERASISTRATE.

Elle a pour tous vne feinte amitié : mais pour Hermenigilde
vne veritable haine, & vn deſſain mortel de le perdre.

RECAREDE.

Elle le pût deſirer : mais non pas le faire.

ERASISTRATE.

Si elle regle ſes deſirs ſur ſes execrables inuentions, ſon eſprit
trop fertile luy pût faire attendre, tout ce qui eſt de plus étonnant,
& comme le retour d'Hermenigilde l'a outrée de douleur dans
le deſeſpoir d'éuiter le coup ſi ſenſible, elle s'eſt reſolüe de le receuoir auec vne ioye forcée, pour auoir auec moins de ſoupçon

le moyen d'employer ou l'jmposture, ou le poison, ou quelque
detestable méchanceté.

REGAREDE.

Nous l'en empescherons, ie m'en vay voir le Roy.

ERASISTRATE.

Et moy Hermenigilde.

SCENE V.

LE ROY, HERMENIGILDE.

QVELQVES GARDES.

LE ROY.

PErfide, cruel, monstre execrable, parle ; quel prix à tu mis
a ma teste, que tu as vendüe a mes ennemis ? Ie t'ay donc
éleué de ceste misere à vne si haute fortune, afin que tu fisses li-
tiere de mon corps ? ie t'ay caché tout nud, miserable, mourant,
dans mon sein ; afin que comme vne vipere, tu dechirasses mes
entrailles ? ie t'ay reçeu dans mon Palais comme mon Fils, afin
que tu en fusses l'incendiere ? ie t'ay tiré des bras du desespoir, à
fin que tu me jetasses entre ceux de la mort ? l'Afrique a-elle iamais produit vn monstre si effroyable ? quel Lou-garou à-il esté
si auide ? quel Antropophage plus denaturé ? ny quel scithe
plus cruel.   HERMENIGILDE.

Ie ne sçay si c'est a moy à qui vostre Majesté parle, ou si elle
me prend pour vn autre.

LE ROY.

C'est au plus ingrat des hommes, au plus cruel des animaux, & au plus insensible de toutes les Creatures, & c'est à toy à qui ie parle.

HERMENIGILDE.

Depuis quand Monsieur, suis-ie si abominable?

LE ROY.

Depuis le premier moment de ta vie.

HERMENIGLIDE.

Vostre Majesté n'a pas tousiours eu cette opinion?

LE ROY.

Ie n'en feus iamais bien desabusé, qu'à present.

HERMENIGILDE.

Qui l'en a detrompée?

LE ROY.

Tes mechancetés.

HERMENIGILDE.

Qu'ay ie fait, Monsieur?

LE ROY

O l'innocente teste! traistre, perfide, paricide, qu'as tu fait? quand tu auras ouuert la porte à l'ennemy, saccagé ta patrie, rauagé le Royaume, assasiné ton pere, tu diras qu'ay ie fait.

HERMENIGILDE.

Ces iniurieux soupçons ont peu de raport auec la vie d'Hermenigilde.

LE ROY.

La vie d'vn Fils dénaturé à grande conformité auec celle du bourreau de son Pere.

HERMENIGILDE.

Il m'eſt bien malaiſé de viure dans vne vie ſi mal-heureuſe:
mais encore plus d'en connoiſtre la cauſe, ſi on nen'en aduertit.
Si i'auois apris a diuiner ie ſçaurois ce de quoy vôtre Majeſté m'accuſe: mais comme ie ne voy rien qui reproche ma conſcience, ie
me tairay, & s'il eſt beſoing ie mourray puiſqu'on m'impoſe auec
des crimes, la loy de ny point contredire, i'obeys donc, & me tais.

pens LE ROY.

Contredy ſi tu puis, contredy effronté, parle infame, quand
tu ne dirois mot, n'eſt ce pas la ton lengage : connois tu ceſte lettre?

HERMENIGILDE.

I'y connoy l'impoſture d'vne main tres fauſſaire.

LE ROY.

Tu ne connoy pas l'aduis des Chreſtiens, n'y leurs charitables
exhortations au meurtre?

HERMENIGILDE.

Ils n'ont iamais eu déſſain de m'inſpirer le mal, ny moy la volonté de le faire.

LE ROY

Voila qu'il le fait voir.   *Il lit la Lettre.*

LES CHRESTIENS.
AV PRINCE HERMENIGILDE

La ioye qui retentit dans nos temples, qui eſpanouyt nos cœurs,
comble nos maiſons, & remplit toutes nos villes eſt le pieux effet
de la grace du Ciel, de voſtre vertu, & du ſucces de nos eſperéces.
Le meſme Dieu qui à donné à ſa iuſte querelle vn ſi heureux commancement conduira voſtre bras, acheuera vos déſſains & les
couronnera enfin d'vne gloire immortelle. Ce ſont les communs
ſouhaits de tous.   *LES BONS CHRESTIENS.*

LE ROY. *faisant reflection sur la lettre.*

C'est ioye donc si vniuerselle des grecs, qui fait resonner leurs Temples, & fumer leurs Autels ne leur vient que de tes sacrifices.

HERMENIGILDE.

Ny par le bruit, n'y par la graisse de mes victimes leur Temples ou leurs Autels n'ont encore retenti, n'y fumeront iamais.

LE ROY.

C'est peut estre l'essay des actions de grace, pour les funerailles que tu prepares à ton Pere.

HERMENIGILDE.

Ie n'ay iamais fait des prieres que pour sa conseruation.

LE ROY.

Ce bras victorieux destiné à de si belles choses, & guidé d'vn si auguste dessain acheuera son triomphe sur ma personne.

HERMENIGILDE.

Ce bras destiné à l'execution des ordres de vostre Majesté luy à apporté auec ses armes, ses respects, & luy à fait voir que tout son triomphe estoit sa soumission.

LE ROY

C'est posture abaissée estoit plus propre à receuoir par la cheute de ma teste sur la vostre sacrée, la coronne de cette gloire immortelle.

HERMENIGILDE.

Elle n'a iamais souhaité de se parer d'vn iniuste ornement.

LE ROY.

Et pour le rendre iuste, il falloit precipiter mon sort, qui seul le suspendoit; afin que la nature seruit de pretexte à le faire choir droictement sur ton chef.

HERMENIGILDE.

Quand tous les diademes seroient à l'aueugle disposition du
sort, & que confusement il me voulut coronner des plus beaux,
ie les arracherois tous de ma reste pour les soumettre à vos pieds.

LE ROY. *ouurant la Lettre*

O genereux dessain en voila la caution.

LE PRINCE HERMENIGILDE.

Avx Chretiens.

Ces heureux commancements, que ie ne puis tenir que de la
grace du Ciel, me promettent encore vne meilleure issue cette có-
queste est & trop illustre & trop legitime, pour la chercher à moindre prix, que celuy de mon sang. Ie ne relascheray iamais du dessain que i'ay d'y reussir, ou de perdre la vie, que ie donneray auec
ioye, si le fer ou le poison ne peuuent venger la querelle de Dieu,
ou s'ils sont trop foibles pour establir la veritable religion.

D'HERMENIGILDE.

LE ROY. *repetant les termes de la Lettre*

Ces commancemens de tes fourbes te promettoient l'issue du
parricide & le premier moment de ceste connoissance nous fait
esperer, par la fin de ta vie, celle de ta méchanceté.

HERMENIGILDE

Le commancement de ma credulité & de ma confiance me faisoit esperer celuy de vostre amitié mais la connoissance que i'ay de
vostre preuention, ne me fait plus douter, que mes ennemys cher-
chent dans la fin de ma vie celle de leur contentement, & qu'ils ne
tachent qu'à faire sortir du monde, l'exilé qu'ils ont veu reuenir à
la Cour.   LE ROY.

Vne conqueste si illustre meritoit bien du sang, il falloit du
mien pour y paruenir, & faire de mon Throsne vn cercueil, pour

le faire

le faire seruir de premiere marche à celuy que tu voulois, éleuer ?

HERMENIGILDE.

Ma deffaicte n'estoit pas si considerable, qu'il fallût de si noires suppositions pour y paruenir, & puisqu'on demandoit de mon sang, pour cimenter ce Throsne, ie ne m'estonne pas si on en veut boucher le chemin par le corps, qu'on croyoit le pouuoir vn iour legitimement occuper, sans courir a la perfidie

LE ROY.

C'estoit par le fer & le poison que tu voulois preuenir ceste Iustice : mais sçache, que nous ne manquons ny de l'vn, ny de l'autre, pour faire suiure aux ambicieux de Royauté, la punition du crime de leze Majesté.

HERMENIGILDE.

Si Hermenigilde eut desiré la perte de son Roy, il n'eut pas trauaillé, par celle de son sang à sa conseruation, & n'eut pas apporté vne vie qu'il pouuoit bien deffendre entre les bras de celuy qui la luy demanda. Ie sçay, Monsieur, me rire des supplices, me m'ocquer des grandeurs, m'espriser des coronnes, pour rendre à ma naissance, à la Royauté & à la Nature ce que ie luy dois.

LE ROY.

Tu m'en as donné par ton infidelité, ta fuite, tes leuées, des preuues trop recentes pour les oublier iamais.

HERMENIGILDE.

C'est me rementeuoir vne étrange Histoire.

LE ROY.

C'est reciter celle de tes meschancetés. Ie coupe court : és tu Chrestien ? es tu Romain ?

HERMENIGILDE.

Puisque vostre Majesté veut sçauoir ce que ie voulois taire

G

pluftoft par difcretion que par crainte ; ie fuis ce qu'elle demande,
ie fuis & Chreftien & Romain, & la gloire de ce nom m'ac-
compagnera iufques au tombeau.

LE ROY.

Lâche tu veux faire paffer pour gloire la derniere des
impietés?

HERMENIGILDE.

l'appelle gloire ce nom duquel celluy des Roys n'approchera
iamais, voftre coronne qui ébloüyt par tant de brillans n'a pas
tant de beauté comme ce nom a de dignité.

LE ROY

Ceft augufte nom eut donc bien releué l'eclat de la Majefté
des Goths, elle en a affés fans en emprunter des enfers : mais toy
fais ce que ie commande, quitte auec cefte profanation dont
tu t'es foüillé, les ceremonies des Chreftiens, detefte leur fuperftition.

HERMENIGILDE.

Moy ? que ie detefte la vie, la lumiere, Dieu ?

LE ROY.

Conftante refolution ! nous verrons fi la force vous fera obeïr.

HERMENIGILDE.

Quelque obeïffance que ie vous doiue, mon falut & ma
mort me difpenferont de celle là.

LE ROY.

Ceft par elle auffi que nous vaincrons cefte opiniaftreté.

HERMENIGILDE.

Ie la puis fouffrir apres les gehennes, les fupplices & les roües :
mais non pas iamais changer de deffain, ny donner vn moment
à la penfée d'vne autre gloire, ny relâcher tant foit peu du vœu

que i'en ay fait. Si ma proteſtation fait mon crime, tous les
momens en font naiſtre vn nouueau en la preſence de mon Iuge,
qui épuiſera pluſtoſt toutte ſa rigueur, qu'il n'empeſchera a ce
criminel le moyen de le reproduire ſans ceſſe.

LE ROY.

Continüe, brouillon, éceruellé, horreur de mon ſang, prenés le, allés le dépoüiller de ſes habits, reueſtés le d'vn ſac, encheſ-
nés ces mains parricides, traiſnés le dans vne obſcure priſon, &
gardés le bien, iuſques à ce que i'aye ordonné de quel genre de
mort ie dois punir ſa mauuaiſe vie.

HERMENIGILDE.

Ie prefere a la pourpre & a tous ces harnois d'vne vaine oſten-
tation, le cilice, les cheſnes a tout voſtre or, & la priſon, à la ma-
gnificence de vos palais. Vn Troſne vaut bien moins qu'vn tombeau de ceſte ſorte, ie fais de mon malheur vn ſujet de ma gloire,
ie deuray a ma perte mon ſalut.

LE ROY.

Arrachés ce monſtre d'icy, que ce deteſtable ne ſe preſente plus
a mes yeux que pour le voir paſſer entre les mains du bourreau.
Quel ſacrilege! du meſpris de ſon Pere paſſer à l'impiete, & de la
deſcendre dans l'inſolence de l'exercice du crime, luy donner le
nom de la vertu, ſe declarer de ſon party, & bien que la foibleſſe
& le peu d'apparence luy faſſe deſeſperer de ceſte iniuſte & aueugle protection, attendre pluſtoſt la mort dans vne opiniaſtre,
mais foible deffenſe, que de chercher dans l'adueu de ſa faute,
le ſalut de ſon ame & celuy de ſon corps : il perdra tous les deux,
ou ſe repentira de ſon obſtination.

VN GARDE.

SIRE, voicy le Prince Recarede.

LE ROY.

Il n'est pas connoissable tant il est changé.

SCENE VI.

LE ROY, RECAREDE; *quelque Gardes.*

LE ROY.

QVe demandés vous Recarede?

RECAREDE.

Ie demande la mort, Monsieur?

LE ROY.

Il n'y a que les insensés qui la demandent, & on ne la donne qu'aux criminels?

RECAREDE.

Ie suis l'vn & l'autre : mais ma folie ne me vient que du crime que i'ay fait, d'auoir trahy l'innocent Hermenigilde.

LE ROY.

L'innocent Hermenigilde? il n'est que trop coupable.

RECAREDE.

Deqnoy l'accusoit-on?

LE ROY.

D'auoir intelligence auec mes ennemis.

RECAREDE.

Si les siens n'en auoit pas plus auec vne personne dont le respect me fait taire le nom, il est trop bien né pour en auoir seulement le soupçon.

LE ROY.

Deux lettres que i'en ay portent sa conuiction.

RECAREDE.

Ou l'imposture de ceux, qui ne le peuuent voir qu'auec rage. Il est facile de supposer ou contre faire des lettres. Il n'est point de méchant qui n'ecriuit l'Arrest de tous les bons, si cella pouuoit seruir d'vne preuue assés forte. Hermenifride & Duriace le sont assés pour auoir esté les instrumens de ceste piece, si vostre Majesté s'informoit d'ou elle vient, elle trouueroit, peut estre qu'elle part de l'inuention de ces deux boutefeux.

LE ROY.

Quand ce crime manqueroit, celuy du mespris de mes commandemens seroit tousiours trop grand pour le laisser impuny.

RECAREDE.

Ie croy que son obeyssance sera portée à tout ce qu'il pourra, tant qu'on n'exigera rien de luy que ce qu'il deura.

LE ROY.

Le Roy des Goths à trop de discretion, pour ne commander rien à son Fils qui soit indigne de sa naissance.

RECAREDE.

Le Prince Hermenigilde à trop de vertu pour ne respecter la volonté de son Pere, & n'obeir aux iustes volontés de son Roy.

LE ROY.

Vn Roy commande ce qu'il veut.

RECAREDE.

Vn homme de bien faict ce qu'il doit.

LE ROY.

Il doit quitter la superstition des Romains, ou perdre l'esperance de viure.

RECAREDE.

C'eſt donc la voſtre pretexte, & le reſultat de ma trompeuſe legation ? c'eſt donc comme cella qu'on à fait ſeruir la qualité de Frere à celle de traiſtre : mais traiſtre du Prince du monde le plus innocent ? c'eſt donc pour ceſte deſolation que i'ay eſté le perfide inſtrument d'vne ioye momentanée ? c'eſt donc enfin pour ceſte cruauté que i'ay porté non pas comme mediateur : mais comme Bourreau, les rameaux d'Oliuier qui par la main du Pere deuoient eſtre trempés dans le ſang de ſon Fils ? s'il reſte encore quelque tonnerre à gronder, & ſi vos foudres ne ſont pas épuiſſés, voila ma teſte en bute, épargnes ſeulement Hermenigilde, conſeruès l'innocent & puniſſez en ma lache déloyauté les crimes que vous cherchez inutillement dans ſon innocence.

LE ROY.

Retirez vous furieux que ie conſerue mon meurtrier & le voſtre ? allés, aueuglé, ſouffrez que ie vous aſſeure le Royaume.

RECAREDE.

Ne me rauiſſés pas pluſtoſt la vie, ie l'arracheray de mon corps, à vos pieds, & de mon ſang i'attacheray au voſtre les cruelles marques de l'effuſion du iuſte, ſi ce ſpectacle vous plaiſt vous en aurez bien toſt la ſatisfaction & vos yeux le funeſte plaiſir, ou de voir rougir la terre de honte, de ce qui coulera de mes veines, en yurer voſtre chambre, ou aſſoüir de ce qu'on épenchera & d'elles & du corps de mon Frere, l'auidité inſatiable de nos barbares ennemys. Vous ferez deux ſacrifices d'vn meſme coup & pour vous épargner de la peine on n'aura à preparer aux corps de vos enfens qu'vn méme tombeau, ſi ce n'eſt que n'eſtant pas encore content vous leur en deffendiés tout autre que celuy du ventre des Courbeaux.

LE ROY.

Tirés le d'icy, que ie n'entende plus ces extrauagances.

RECAREDE.

Quoy que la violence me fasse retirer d'aupres de vous, l'ombre de mon Frere & la mienne vous persecuteront sans cesse.

LE ROY.

Menés le, prennés garde à sa personne, tandis que ie trauailleray à la punition de l'autre.

RECAREDE.

O iuste Ciel! vous estes sans foudre, si vous ne tonnez point sur ces impietez.

SCENE VII.

IGERDE, ERASISTRATE.

IGERDE.

CEs faueurs momentanées ont esté à ce pauure Prince comme vn esclair precurseur du tonnerre qui le menaçoit.

ERASISTRATE.

O foudre non impreueu! tu es pourtant tombé! ô furie de discorde! ô tison des Royaumes! abominable Goisvinthe! ô trop aymable Prince qui vous à trahy, qui est celuy qui peut auoir des yeux en regardant les vostres, sans qu'ou la beauté de ce visage en qui la vertu a empreint tant de caracteres de majesté & de respect, n'ayt esté raui ou estouffé toutes les mauuaises pésées qui peuuent

tomber dans vn efprit ennemy? pourquoy l'air n'efpaiſſit pas des
vapeurs pour en former des nües qui ſe dechirent en tonnerres,
qui s'eclatent en carreaux, pour en briſer les pointes ſur ces teſtes
perfides? comment le Ciel ne s'abiſme pas ſur elles, & la terre ne
creue pas ſous ces pieds qui la ſoüillent? iuſques à quand Megere
eſpouuentable porteras tu des flambeaux alumez? iuſques à quâd
Proſerpine endiablée vomiras tu ces legions des démons? mais
toy miſerable Eraſiſtrate, iuſques à quâd porteras tu inutilement
vne eſpée à ton coſté! quand la tireras tu? c'eſt maintenant, c'eſt
cette à c'eſt heure qu'il la faut porter dans le corps de ce monſtre, courons a la mort: mais menons la, iuſques dans la chambre de l'ennemie du genre humain; faiſons la paſſer dans le cabinet du Roy,
ou portons la dans ſon lict, pour d'vn meſme coup enuoyer & le
Iuge & le Bourreau entre les griffes du démon; ſappons les fon-
demens d'vn Palais, qui ſert d'eſpelonque aux tygres, portons le
feu par tout, & ſous les débris & les rüines de ce cruel Amphi-
theatre enſeueliſſons y auec nous, & les Spectateurs & les Lyons:
ou rompons les fers de l'innocent, de qui on a deſia fait deſcendre
la liberté iuſques aux cachots le plus profonds.

IGERDE.

C'eſte furie à beſoin de moderation; nous ſommes obſeruès
de ſorte que toutes les plaintes que nous donnerions a l'eſtat malheureux de ce Prince ne ſeruiroient qu'à nous le rendre contagieux. Allons, cherchons pluſtot le moyen de le ſauuer, que celuy
de nous perdre.

ACTE IV.
SCENE PREMIERE·
LE ROY, GERAGATHE, SOPHRONISQVE?

LE ROY.

DIEV sçait auec quelle violence ie me voy aujourd'huy forcé à faire succeder aux lenitifs qui n'ont seruy qu'a cangrener le mal, le fer, & le cautere, pour retrencher vn membre pourry, de mon corps tres sensible à la douleur. I'aduoüe que le remede m'est pire que que la maladie : mais & parce qu'elle est incurable, & parce qu'elle est contagieuse, le despoir de la guerison & la crainte d'vne in- *de despoir* fection transmissible fait que ie relasche des mouuemens de ma tendresse, pour donner quelque chose à la raison. Cependant elle ne prend iamais aduis de la nature que ceste confidente interessée ne luy fascine la veüe, ou l'attendrisse de sorte qu'elle luy fait perdre auec son nom tout ce qu'elle a & de force & de plus resolu. I'ay tous les sentimens d'vn Pere, & ie les ay tels que la Iustice n'a pas si tost leué ma main pour punir vne iniure mortelle, que mes yeux me monstrans la place du coup, me découurent mon Fils qui le doit receuoir. C'est effort suspendu tombe enfin sur mon cœur, le frappe si viuement, que ie me voy en-

H

peine de iuger qui l'emporte, ou la senfibilité, ou le reffentiment; mais enfin le falut de mon peuple me fait penfer au mien,
& la iufte aprehenfion que i'ay de voir perir auec moy tous mes
fidelles fujets determine mes irrefolutions à éteindre de bonne
heure vn flambeau qui feroit de tout mon Royaume vn bucher
alumé. I'ay iufques icy, comme vous fçaués, aymé & mefme
idolatré en Hermenigilde, prefque des deffauts infupportables,
pardonné fon perfide éloignement, receu fon retour comme ma
meilleure fortune, fait reuiure vne amitié qui deuoit eftre étainte;
& tout cela n'a feruy qu'à r'alumer le feu de fon ambition, puis
qu'il a tafché de faire feruir celuy qui éclairoit iniuftement a la
joye publique de fa trompeufe venüe, a l'incendie d'vne generalle
defolation. La pieté de nos ennemis fauorifoit ce deffain, &
comme leur zele s'alume par les flammes de la charité, c'eft par
cefte vertu qu'ils vouloient preuenir en la terre des Goths, le dernier iugement des Arriens. Au refte il n'eft point d'homme qui
ne foit plus mauuais que le mal qui ne doiue le combattre fi fa
fouffrance le perpetüe. Ie croirois contribuer aux derniers qui
pafferoient de ma Perfonne en mes Eftats, fi ie n'en oftois la caufe
& n'affeurois leur repos & le mien. Ie ne le puis que par la perte
de fon perturbateur. Ie donne mon Fils à l'établiffement de mes
peuples, de peur qu'il n'en deuienne le bourreau; comme fa Religion fert de pretexte à fon impieté, i'ay tafché a le tirer de c'eft
erreur, pour mettre mes fujets en affeurance; mes remon-
ftrances inutilles & fon mefpris obftiné m'ont faict conclurre,
malgré moy, à l'effect d'vne mortelle refolution, & c'eft pour la
terminer par fa mort, que ie vous ay appellés ? afin que vous
voyés ma Iuftice & fa méchanceté. Vous aués defja examiné
les lettres qui l'accufent, d'intelligence auec mes ennemis, vous

entendrés par sa bouche la conuiction de son sacrilege.

GERAGATHE.

Le Prince Hermenigilde, par la reconnoissance de sa faute, amoindrira l'aigreur des ressentimens de vostre Majesté.

SOPHRONISQVE

J'ay trop de connoissance de la moderation de mon Roy, pour ne croire qu'vne animosité si forte à des raisons encore plus puissantes; celle qui ne souffre point de replique est le mespris de ces commandemens, pour s'obstiner à sa superstition.

LE ROY.

J'auray pour me tenir dans vne iuste seuerité autant de resolution, comme luy dans son opiniastreté, d'atachement à son crime. Le voicy.

SCENE II.

LE ROY, HERMENIGILDE.

LE ROY.

BIEN que tu ne puisses auoir pour toute raison, que ta meschanceté, il t'est permis de te deffendre, deuant ceste assemblée.

HERMENIGILDE.

Quand la raison fait le crime, on a beau estre raisonnable, on est tousiours criminel.

LE ROY.

Mais quand l'impieté fait la vertu, on a beau se croire vertueux, on n'est iamais qu'impie.

HERMENIGILDE.

Il est vray qu'il n'est point de pretexte si specieux, que d'interesser Dieu dans la vengence des hommes, principalement quand on manque d'vn sujet apparent.

LE ROY.

Bien d'auantage encore, si dans l'intereft de Dieu on venge celuy des creatures, & d'vn mesme coup on punit deux crimes de leze Majesté.

HERMENIGILDE.

Le Loup pour déuorer l'agneau auec quelque Iustice l'accusa ridiculement d'auoir troublé l'eau dont il estoit au dessouz du courant. Goisuinthe pour me perdre, pertexte sa malice d'vne supposition si foible, quelle tomberoit d'elle mesme, si vne authorité subsidiaire ne l'appuyoit. L'affection, Monsieur, que vous auez pour elle me peut bien faire perir : mais non pas rendre coupable.

LE ROY.

L'affection que i'ay pour elle ne fait n'y ta perte, n'y ta faute : ie ne l'ayme que parce qu'elle est bonne, ie te puny parce que tu es mauuais.

HERMENIGILDE.

Dites s'il vous plaist, parce que ie l'ayme ie la dois satisfaire, & ta c'est pour sa satisfaction que ie veux que tu meures.

LE ROY.

Ne perdons plus le temps en vn discours superflu ; efface, si tu pûs ces marques horribles de tes abominations que le Soleil mesme graue sur ta bouche importune.

HERMÉNIGILDE.

Ou plus il m'eclairera ou mieux il fera paroistre mon innocence, & blessera les yeux de ceux qui ne veulent pas voir. Elle
craint de me iustifier & comme vne fille timide n'ose paroistre
deuant vous, non pas quelle apprehende, n'y les menaces, n'y l'é-
pouuente des supplices, n'y l'horreur des bourreaux, auec tous
leurs plus funestes appareils : mais de peur de contredire au iugement de vostre Majesté, qui me doit estre sacré, & que par mé-
garde en plaidant son bon droict, elle n'accuse le tort qu'elle luy
faict, à quoy ie prefereray tousiours la mort de tout mon cœur.
Mon obeissance sçait bien estouffer la pensée de deffendre ma
vie, la ou vostre Mjesté cherche ma mort.

LE ROY.

Obseruès le vn peu, voyez cet Enfant si bien né, ce disert
Orateur.

HERMENIGILDE.

Ie me tairay donc, Monsieur, & puisque vous le voulès, ie voile-
ray par mon silence, la candeur d'vne ame qui déplaist à la vôtre.

LE ROY.

Parle traistre, ie ne condamne iamais les plus destables, sans
les auoir ouys.

HERMENIGILDE.

Ie parleray, non pas que ie me flate d'aucun espoir, n'y de mon
discours, n'y de mon silence. Ie ne sçay ce pendant si en me per-
mettant de parler, vostre Majesté m'aura permis de dire ce qui fait
à ma cause : mais quand la parolle me seroit interdite pour ma defense, au moinz me doit elle estre soufferte pour verser à vos oreilles les derniers & tristes accens de mes aboys. Si mes ennemis n'en
vouloient qu'a ces miserables debris de vie qui n'est differente de

la mort que par les maux qui sont bié pires, i'apprefterois ma tefte
fans me plaindre, ie regarderois la fin de ma vie fans émotion, ie
la verrois & l'embrafferois comme l'vnique remede des mal-heurs
qui m'affafinét fans acheuer ces pitoyables reftes que ie ne traifne
que comme le fupplice; mais parce qu'on veut attaquer ma repu-
tation iufques dans le tombeau, y foüiller mes cendres; pour y
mefler des charbons que la calomnie à noircis d'vne marque
eternelle; ie demande, Monfieur, fi cella n'eft pas iufte que vous
écouties auec vn peu d'attention la derniere requefte & l'entiere
iuftification de voftre Fils mourant.

LE ROY

Parle de ta mechanceté & n'affecte pas vn difcours inutile. Les
caufes fans crime n'ont pas befoin d'vn appareil criminel.

HERMENIGILDE.

Ce n'eft pas vn noüueau crime, Monfieur, il eft auffi vieux que
la haine de Goifvinthe voftre femme & noftre maraftre; quelque
innocent que i'aye efté i'ay ferui toufiours de matiere à fa calomnie: c'eft elle qui à ourdi la toile de tous les mal-heurs qui m'ont
accueilly, & qui en acheue la piece par cefte horrible impofture.
Plût à Dieu. ô s'il eftoit permis s'il eftoit permis dis-ie de troubler
le repos des morts, ou s'il n'eftoit pas impofible de fufpendre d'vn
moment les extafes de ces efprits glorieux, ie pourrois tirer des ra-
uiffemens cefte ame pure de ma tres chere Mere & voftre augufte
époufe; & lors qu'elle brilleroit deuant ce tribunal, ie me tairois
& on l'écouteroit auec veneration. Elle diroit que dans cette fa-
talle neceffité, ou le Ciel enuiant à la terre le bon-heur de la poffeffion d'vn Trefor qui luy eftoit deu; aux derniers momens de fa
vie, nous tenant mon Frere & moy entre fes bras deffaillans, le
mieux qu'elle pouuoit; elle nous prefentoit à fon époux, & faifant

effort sur sa mourante voix, & par le lict conjugal, par vos chastes
amours, par son inuiolée fidelité, elle nous recommandoit auec
tant de tendresse ce qui vous restoit d'elle & de vous vos cómuns
enfans, que tout ce qui estoit pour lors present en sa chambre sig-
noit, par des pitoyables regrets, ceste triste & derniere recomman-
dation. Nous estions pour lors en vn aage si bas qu'a peine pouuoit il auoir point d'autre sentiment que ceux de l'enfance; cependant lors que nous vous vismes panchant, sur ce corps pâle
& deffaict, le tenant par le bras, & que vos yeux attachés aux siens
mi-sillés, ou l'amour l'enguissoit auec la pieté, & la mort introdui-
soit peu a peu vne mortelle froideur, & que des vostres vous ver-
siez dans son sein vn torrent de larmes; nous ne peumes retenir
les nostres, qui enfin vinrent a se mesler ensemble & se confondre
auec tant de douleur, que sur le point qu'elle expiroit, la mort eut
pû douter, qui de nous quatre elle auoit choisi, si vous en qui la
force d'esprit fit violence a la tristesse, pour faire vn peu de place
à la moderation, n'eussiés mis la difference, par vos pleurs suiuis de
nos cris, entre la morte & les meurans. Pour lors, des que vostre
voix eut forcé le passage, que les senglots luy auoient long temps
disputé, apres auoir laissé à vos gemissemens, l'expression de vos
plaintes desolées, elle tira enfin de vostre bouche, tout ce qu'vne
ame inconsolable peut donner à des pertes irreparables; & c'est
dans ceste descente & plus insuportable de toutes que vous nous
deffendiés les pleurs que vous ne pouuiez empescher a vos yeux,
& de vos propres mains vous seichiez de nos visages les larmes
puerilles, a trauers desquelles nous voyons l'objet de vostre deso-
lation & de nostre infortune; pour lors comme si vous eussiez
voulu donner le change a l'amour que vous auiez pour la Mere,
vous la restraignites toute en l'amitié de vos enfans, en la person-

ne defquels vous voyés fa viuáte image, & reuiure en ces produc-
tions & gages precieux, vne bonne partie de ce que la mort n'a-
uoit fçeu entierement rauir; c'eft dans ce temps là que nous fer-
uant de Pere & de Mere, vous faifiez voir que vous eftiez l'vn par
indulgence, & l'autre par protection.

LE ROY.

Ce font tout autant des preuues de ton ingratitude, & pas vne
de ta iuftification.

HERMENIGILDE.

I'y viendray incontinent, Monfieur, c'eft áage tendrelet crût
dans voftre fein & entre vos bras, & de la s'eftendit iufques à vne
heureufe adolefcence. Qu'auiez vous de plus cher que voftre
Hermenigilde? quoy de plus aymé? vous n'auiez point de plus
chere penfée n'y de plus tendre paffion que pour luy. Vous le re-
gardiez comme l'Idole de vos affections. Vous ne le voyés qu'a-
uec plaifir, & vous témoignies n'en auoir iamais, lors que quelque
affaire vous ôtoit le moyen de le voir. Vous commettiez le poids
de tout voftre Royaume à Hermenigilde : Hermenigilde eftoit
l'arbitre de toutes les affaires, & pour dire tout dans vn mot, vous
n'auéz rien fans voftre Hermenigilde. Il pleut à voftre Majefté
d'eleuer mon bon-heur en vn mariage qui preuenoit auffi bien &
mon merite, & mon áage que mes penfées, à la poffeffion heureufe de la Princeffe du monde la plus aymable; Lucine prefida
en cet hymenée : en faifant vn acte d'obeyffance i'en fis vn autre
d'amour, i'efpoufay l'illuftre Fille, la petite Fille & la fœur d'vn
Roy: mais par fa vertu plus illuftre que les fceptres & les diademes
de tous les Empereurs, c'eft ce qui m'oblige de l'aymer encore
plus par fa perfonne, que par l'étendüe de tous les eftats de fa maifon; auffi ce font des fentimens que fon merite & non la confi-
deration

deration des biens à introduits dans mon ame. Miferable victime pour quels facrifices eftiés vous referuée? dans cefte inconceuable fatisfaction, ie regardois toutes les fortunes des Roys au deffouz de la mienne. L'amour que l'ay toufiours eû pour les parfaites qualités de fon ame innocente, egale a celles de la beauté de fon corps, a fufpendu cent fois mes raifonnemens, & plus de mille, ie les ay veus perdre dans le foin de fçauoir qui des deux l'emportoit, ou la viuacité de fon efprit, la folidité de fon iugement, fa candeur & fa pieté : ou les charmes, les appas & les rauiffantes & modeftes graces de fon aymable vifage. Ie fuis forcé de reciter icy des loüanges, que la rougeur, dont fa pudeur le pare, defaoüeroit, & dont en tout autre temps ie me contenterois d'en admirer le fujet, fans publier moy mefme ce que ie pourrois écouter de la bouche de tout le monde. Comme elle auoit fans deffaut tant de perfections, parmy toutes les autres, elle poffedoit celle de la Foy Catholique, auec tant de zele, que par fa bonté & fa doctrine, de Mary ie deuins fon Difciple, & prefque Fils de ma propre femme.

LE ROY.

Ainfi d'vn mauuais œuf on void naiftre vn ferpent.

HERMENIGILDE.

Cependant, Monfieur, vous paffâtes en des fecondes nopces, à peine Goifvinthe, noftre maraftre, moins illuftre par fa fortune, que par fa haine, qu'éleuée a l'honneur de la Royauté, deuenüe infuportable par fon humeur imperieufe & cruelle, on veid que tout ce qui nous eftoit refté de confolation fe perdit auec voftre vefuage, & s'eftouffa dans les dédains enfans aifnés de cefte nouuelle amour. Auffi toft qu'elle pût luy donner l'authorité de tout entreprendre, elle prit pour objet de fon occupatió, la perte de vos enfans; pour lors l'amitié que la nature, la raifon & le fouuenir de

I

ce qui fût la plus chere partie de vous mesme, conseruoient en vous, fût bâny de vostre cœur, qui pour estre plus sec, eut moins de resistance aux flammes d'vn nouueau feu, qui à esté à nous, vn bucher, a vous, vostre diuertissement, & son sacrifice a Goisuinthe. Elle ne nous voyoit iamais, que comme de sa haine les objets odieux. De quelque apparence forcée qu'elle affecta la trompeuse composition de son affabilité; elle n'a iamais trauaillé qu'a la perte de vostre sang; iusques là, qu'abusant de l'Empire que vous luy aués donné, elle a fait seruir vostre bras au ministere de ses sanglantes executions, pour la deffaicte de ceux, en qui elle ne trouuoit point d'autre crime que celuy d'estre nés vos enfans que vous pouuiés rendre vos successeurs. Dez qu'elle a veu que la mort ne secondoit pas ses intentions, & que ma facilité a me venir jetter tout nud entre vos bras, luy ostoit le moyen de les armer contre celuy qui ne faisoit rempart que de son innocence, & que par là, elle voyoit perir en son commancement le mauuais effet qu'elle esperoit d'vne iuste resistance, c'est pour lors que sa haine s'est tournée en furie. Pour ne laisser rien d'intenté apres auoir passé par les médisances, les persuasions au mal, sans y pouuoir arriuer; elle a en ce dernier coup épuisé tout ce qui estoit d'horrible aux enfers, pour faire son chef-d'œuure en l'imposture d'vn crime, dont i'ay pû par ses suposts estre accusé: mais iamais conuaincu.

LE ROY.

Impudent, as tu bien l'insolence de fouler aux pieds, deuant ceste compagnie, le lict conjugal de ton Pere?

HERMENIGILDE.

Ie sçay, Monsieur, que ce discours contient des verités importunes: mais vn homme qui pense a la mort ne doit pas mentir.

Il est vray que par la vexation de ceste femme, le sommeil nous a esté interdit, nos chambres, nos lits, nos tables n'estoient pas exemptes d'embusches, & pas vn lieu ou sa persecution n'e nous ait precedé. Cruelle femme! née à l'oppression de la souffrance: elle persecute, elle opprime la patiente Indegonde. Auec quelle douleur ie suis forcé de r'ouurir ceste mortelle playe! tout ce qui est de venimeux dans son sein elle le vomit, & l'espanche sur ceste teste innocente. Elle luy commande de renoncer à la religion Chrestienne; à cella elle respond que Dieu la faire naistre telle, qu'elle pouuoit mourir, mais non pas faire rien d'indigne de sa naissance. Quoy de plus genereux que ceste response? ce qui deuoit rauir Goisvinthe, l'irrite. Elle charge de coups la Fille de tant de Roys, la foulle aux pieds & a grands coups de verges, arrache le sang Royal de se corps debonnaire, & la derniere goutte estoit la seule borne de son inhumanité.

LE ROY.

A t'on iamais entendu parler de cela?

HERMENIGILDE.

Vous auiés les oreilles sourdes aux cris du sang qui vous demandoit iustice contre la main qui en estoit encore rouge. Non contente de ceste barbarie, son esprit ingenieux à la cruauté, inuente vn nouueau genre de supplice, pire que la mort; elle despoüille ce corps pudique, & en ceste nudité, elle le faict plóger peu à peu dans vne eaue gelée. Le Soleil n'a iamais eclairé à vn spectacle si épouuantable. Pour rendre & le supplice plus long, & toutes les parties du corps plus sensibles aux tourmens, les bourreaux donnoient a chacune vne mort differente, dans le mesme genre de Martyre. Ils laschoient les cordes auec grande intermission, de peur qu'en acheuant si tost leur crime, ils ne don-

I 2

naſſent quelque relâche a la douleur. Elle regardoit cependant ces monſtres ſans fremir, ſouffroit ſes peines ſans donner, ny des larmes à ſon miſerable état, ny pas vne ſeule parole d'aigreur à la tyrannie ſi elle ſe pleignoit, c'eſtoit moins leur barbarie que ſa pudeur qui en formoit les plaintes moderées. A toutes les exhortations à la perfidie & à tous les redoublemens de ces mortelles ſecouſſes, on entendoit ceſte ſeule voix : ie ſuis Chreſtienne, ie ſuis Chreſtiéne. I'apry l'enormité de cette Tragedie, & c'eſt auec honte que ie confeſſe que ie l'appry ſans mourir, ou ſans empeſcher qu'elle ne mourût ſi ſouuent. I'auois cent raiſons pour eſtrangler ceſte lyonne : elle n'en auoit point pour ſe deffendre d'vn coup deſeſperé d'vne patience épuiſſée. Cependant la ou il falloit employer & le fer & le feu pour venger ceſte môſtrueuſe rage, nous n'auons tâche à la fleſchir que par noſtre patience à tous les euenemens de la perſecution. Ie cherchay mon azile dans le banniſſement & dans le lieu que vous m'auiés donné : mais comme ſi i'euſſe commis vn crime de dérrober au cruel exercice du ſien, le moyen de le reproduire à toute heure, le deſeſpoir l'agite, la furie l'emporte, la rage rend ſon corps forcené & tire de ſa bouche injurieuſe & profane, tout le poiſon que ſon cœur enuenimé auoit couué, ſi bien que me traicter d'énemy de la patrie, de bucher du Royaume, de meurtrier de mon Pere & m'eſpargner beaucoup c'eſtoit dans ſon ſentiment faire la meſme choſe. Pleut à Dieu que l'amour trop aueugle d'vne femme n'euſſe pas en voſtre Majeſté tout à faict étouffé l'amitié pour vos enfans. Il eſtoit bien iuſte d'armer contre ma ſeule teſte le Ciel, la mer & la terre. Par vos ordres, qu'vne forte côplaiſence à ſon humeur auoit pluſtot precipités que dónés, ie vey fondre ſur moy l'armée la plus nombreuſe que vous pûtes côpoſer pour ceſte iuſte expédition. Voûs me pardonnerez Monſieur, ſi la nature, qui a imprimé à tous les animaux l'inſtinct de deffendre leur vie & celle de leurs ſéblables par la mort de ceux qui les pourſuiuent, m'auoit donné ce commun ſentiment auec eux de conſeruer la mienne, ſans point d'autre deſſain, que celuy d'echapper à mes ennemis. I'ay pris les armes non pas pour les tourner contre voſtre Majeſté, mais pour tacher de repouſſer les coups mortels de la main de c'eſte cruelle femme; iuſques à ce que ie me verrois en état de vous en expoſer & mes raiſons & mes iuſtifications.

LE ROY.

Acheue tes menteries, fourbe.

HERMENIGILDE.

Ie prens à temoin tout ce qui eſt de plus religieux, & ces meſmes autels que i'embraſſay lors que tout enflammé de courroux vous me pourſuyuiés ſans ſujet, bien que ie viſſe auec certitude qu'il ne me reſtoit point de ſalut, que celuy que ie deuois chercher par la loy de nature, dãs vne iuſte deffenſe, ie fis neantmoins ceder aux raiſons de l'inclination & du reſpect, toutes celles de l'intereſt de ma vie. Ie vo⁹ apportay ma teſte à vos pieds. Ie fis deſcédre auec mes reſpects ma liberté iuſques aux deſſouz de vos genoux. V. Majeſté me veid abbaiſſé. Ie me veis par ſes bras & releué & embraſſé tout enſemble, mais auec vn cœur ſi attendry que le voyãt tout plain d'amitié, ie croyois auec raiſo qu'il ne s'ouuriroit iamais à l'aigreur. Qui en à arraché les ſentimens paternels & introduit de ſi cótraires, ſi ce n'eſt vne main violente & meurtriere? comme ſi elle n'auoit pas aſſés perſecuté l'innocéce, la voulut rédre coupable & apres l'auoir faite priſonniere elle en voulut faire ſa victime: mais n'ayant pû trouuer dans les armes ma perte & ſa ſatisfaction, la rencontre dans la facilité de la voſtre, à punir de meſme façon la

proximité de voſtre ſang comme le ſacrilege qui l'epencheroit.
C'eſt le ſeul crime qu'on trouue en Hermenigilde d'eſtre né Fils
du Roy, voyla la cauſe de ces liens & des chénes qu'on reſeruoit
aux voleurs, que ie traîſne auec ma vie dans vn puant & eſpouuentable cachot, ou eſclaue ie languy ſouz le poids aſſommant
du fer. A preſent pour me monſtrer qu'on l'eguiſe en trenchant
ſur ma teſte, ie reçois ceſte mourante liberté.

LE ROY.

Tu as aſſez extrauagué. N'eſt-tu pas Romain?

HERMENIGILDE.

Ie ſuis & Chreſtien & Romain, & c'eſt là ma volontaire
conuiction. Vous auez en ce chef vn criminel qui confeſſe ſon
crime : mais c'eſt vn crime qui reiouyt, le coupable, fait pâlir le
Iuge, eſt aggreable au Ciel, épouuente les démons, fait trembler
les enfers & dont l'accuſation fait vn eloge, la confeſſion vn vœu
& la peine la felicité ; ie voudrois auoir cent vies, pour les ſacrifier toutes à la gloire de ce nom & comme vne bouche eſt trop
petite pour remercier Dieu de la faueur de ce bien ; partagés mon
corps, briſés le, déchirés le il y aura autant de lägues que de playes ;
mon ame s'eſtandant dans les ruiſſeaux de mon ſang, elle coulera par vne allée de pourpre dans le Paradis.

LE ROY.

Enragé perſonne ne mépriſe la vie, que ceux qui l'abandon-
nent dans le deſeſpoir.

HERMENIGILDE.

Ie ne l'ay iamais eüe deſeſperée, que quand i'ay veſcu Arrien.

LE ROY.

Et maintenant tu vis, & lache, & fou, & denaturé.

HERMENIGILDE.

Ie vis Monsieur, glorieux dans le cilice, libre dans les fers & tres
satisfaict dans l'esclauage.

LE ROY.

Ta gloire, ta liberté & ta satisfaction n'aboutissent qu'aux in-
iures, desquelles tu tâches à noircir & mon nom & celuy de la Reyne.   Mais en cessant de viure tu les termineras.

HERMENIGILDE.

Ie fay ma gloire de n'auoir iamais desiré au Roy, que la conseruation de sa personne, & à la Reyne rien q'vn peu moins de furie & vn peu plus d'esprit : mais la fin de mes maux terminera icy
mes souhaits & ses inuentions.

LE ROY.

Elle en a assez pour te faire repentir de ton insolence, & moy
trop de volonté pour la faire mourir.

HERMENIGILDE.

I'ay trop de connoissance de sa méchanceté & de vostre dessain;
ie me ry de celle la, & ie suis tout resolu à l'effect de celuy cy.

LE ROY.

Nous verrons si le fer trouuera ceste resolution.

HERMENIGILDE.

Plongés le dans mon cœur & percés y a trauers le charactere de
ma foy qui méprise vostre violence.

LE ROY.

S'il n'est assés fort le feu l'effacera.

HEMEMIGILDE.

Qu'on me brûle tout en vie, & que goutte à goutte on me fasse
fondre, ie beniray les feux qui feront luyre mon innocéce, & sans

eftre obligé à la tyrannie, ie luy feray redeuable du Royaume du Ciel qu'elle me donne en vn fi bon marché. Qu'on amaffe tous les bois, qu'on les ferre en vn tas, qu'ó en faffe vn bucher ardant; pouffés moy au milieu: toute l'iniquité du Iuge, toute la rage des bourreaux & toutes les flammes de ce fupplice ne trauailleront qu'à iuftifier l'accufé, à faire fes delices & à épurer comme l'or fon ame, à voftre honte & fon contentement.

LE ROY.

Va, retire toy, on delibere de ta tefte, on te va fatisfaire.

SCENE III.

LE ROY, GERAGATHE, SOPHRONISQVE.

LE ROY.

Voyés, Meffieurs, de quel genre de fupplice on doit punir ce criminel.

GERAGATHE.

C'efte affaire, SIRE, eft de tel poids & de fi haute importence que dans fa nouueauté on trouue plus d'etonnement que de lieu de deliberer. La vie des hommes eft fi chere, que le iugement de celle du plus petit ne doit iamais eftre precipité : mais lors qu'il s'agift d'vn fang fi illuftre & qui eft confideré comme celuy de tout vn eftat, en cela il en faut d'autant plus fufpendre l'Arreft, que fon

execution

execution pourroit faire naiftre des remords en voftre Majefté
des mal-heurs en voftre Royalle maifon & dans tout le Royaume
ou des troubles ou des regrets pour la perte d'vne perfonne en qui
il void & voftre bras dextre & fon appuy plus proche. Il y à comme ie voy en fon accufation deux chefs, l'vn de leze Majefté &
l'autre de fuperftition. Pour le premier qui me femble le plus dangereux on l'accufe fans le conuaincre & il veut s'en defendre par
l'inimitié de la Reyne dont il dit auoir veu deriuer toute la caufe
de fon mal-heur. I'ay, Sire, pour la femme de mon Roy des fentimens fi plains de refpect, que i'eftoufferois comme illegitimes
toutes les penfées facrileges qui douteroiet tât foit peu de la moindre de tant de perfections. Ce n'eft pas que nos fiecles & au dela
d'eux les paffés n'ayent veu par la fureur des femmes irritées, les
prouinces déchirer leurs entrailles & deuenir des theatres fanglâts
ou l'iniuftice & la violence laiffoient à la pofterité vn pitoyable
fpectacle de defolation & d'epouuente, & des belles Meres qui
ont allumé des feux qu'on n'a efteint qu'auec le fang de ceux qui
n'eftoient hais d'elles que parce qu'ils l'auoient commun auec les
perfonnes qu'elles deuoient le plus aymer. Mais tous ces exem-
ples ne font rien en ce fujet ou voftre Majefté peut fçauoir mieux
que nous fi la Reyne n'auoit pas contre ce Prince quelque refte
d'aigreur. Certes qu'il foit venu auec tant de confiance fe jetter
entre fes bras, cela acheue de me faire croire que fon ame ne luy
reprochoit rien de mauuais. La nature a imprimé en celle des
criminels tât de peur que la crainte y eft grauée par des caracteres
ineffaçables, ils apprehendét que la Iuftice ne mette au iour & ne
châtie les pechés que les tenebres & leur malice ont cachés & fait
naiftre en fecret. Cette fidelle Miniftre des ordonnances de Dieu
leur interdit le repos par tout ou ils fe trouuent, & fait qu'vne

K

mefme confcience criminelle fans delateur, fans témoins, ny Iuge,
ny bourreau, y traifne toufiours la conuiction, le iugement &
torture.   La mémoire du crime ne pouuant trouuer fon repos
que dans les continuelles inquiétudes trop attentiue à fon malheur, s'occupe toufiours du paffé, porte l'efprit à s'entretenir du
prefent, le force par vne malheureufe préuoyance à aller
creufer dans l'aduenir fon precipice & fa cheute. Si bien que
de ces trois differences de temps on en void naiftre le mefme
fupplice qui fe commäce par le regret, fe continüe par les friffons
& s'acheue par le defefpoir; cöme on tremble pour vn mal qu'ö
a éuité, on eft dans les trances pour celuy qui nous fuit, & on
pâlit de ceux qui nous menacent; la prefence du Iuge qui eft la
viuante image de la Diuinité redouble touttes ces terreurs & fait
que les coupables ne leuent iamais leurs yeux qu'ils ne lifent dans
les fiens l'Arreft de leur condamnation; d'où vient que cet af-
pect redoutable les rendant mal affeurés, les leur faict abbaiffer,
leur derobe la voix & ne laiffe à leur deffenfe qu'ou la confef-
fion, ou l'impoffibilité de treuuer des raifons qui ne faffent les
preuues de leur méchanceté. Puifque pour opiner icy il nous en
faut demeurer aux conjectures, quand ie vois que le Prince Hermenigilde defend fa caufe auec égalité d'efprit, regarde fon Iuge
fans émotion, conferue dans les liens tant de liberté de dire fes
raifons, & qu'auffi affeuré dans la prifon comme fur vn char tri-
omphant void de mefme contenance fon danger comme on ver-
roit la plus haute fortune; ie defcouure en fon ame l'innocence
qui peint en ce vifage vne pudeur qui ne rougit point des repro-
ches, vne blancheur qui ne pâlit pas des menaces, vne contenance fi affeurée, en vn mot, tant de marques de probité, que de toutes les apparences d'vne ame bien née, ie tire l'infallibilité de fa

candeur.

Pour ce qui touche la superstition des ceremonies des Romains; il n'est pas merueille que l'ayant marié à vne femme esleuée en ceste religion, elle luy ait transmis auec les flammes de son amour la complaisance pour tous ses sentimens. Au reste il n'est point d'homme politique qui veüille par le fer & la force faire passer la religion dans les cœurs; ceux qui en sont fascinés ont plus besoin de Docteur que de bourreau : elle ne s'introduit pas par la violence, il faut que les instructions nous disposent, & que les Dieux acheuent le reste; il en tirera bien plus par l'exemple de la vertu de vostre Majesté que par l'aprehension des plus seueres supplices. Cet attachement opiniâtre qu'on void maintenant en luy pour l'Eglise Romaine est l'aueugle effect de celuy qu'il à pour ses nouuelles amours, si la passion & la ieunesse l'entretiennent, l'aage expert desabuseur des opinions preuenües, luy fera voir son erreur à descouuert, la connoissance l'en détrompera, trouuera dans la bonté paternelle des pensées de retour, & enfin dans nos veritables raisons la deffaite de celles des Papistes; les sages attendent la guerison de ce mal de la prouidence de Dieu plustot que de leur conduite.

LE ROY.

Dites nous vostre sentiment.   Sophronisque.

SOPHRONISQVE

Ie sçay trop, Sire, que l'affection que vostre Majesté à tousiours euë pour le Prince Hermenigilde, à esté si forte & si peu commune, qu'on ne doutera iamais ny de vostre bonté, ny de son ingratitude. Elle à trouué vne indulgence si grande, que touttes les raisons d'vn iuste ressentiment, se perdant dans la patience d'vne nature debonnaire, ont esté à luy, la cause de

k 2

ſes mépris, & à voſtre Majeſté le léuain de ſes mécontentemés.
Vn eſtomach bilieux & impur, des plus ſaines viandes en
faict des occaſions à ſa douleur. Cependant ſi on voyoit quelque iour vn amandement, l'eſperance du futur pourroit moderer les aprehenſions du preſent : mais puiſqu'il ne nourrit la
licence du mal que par l'abus du pardon, & qu'il à paſſé du
mépris de voſtre perſonne à la liberté de l'offenſer mortellement & a l'inſolence de ne reconnoiſtre ſes fautes, que pour
treuuer dans l'abſolution des paſſées, le ſujet de les reproduire
à l'aduenir ; ie croy qu'on diminuë de la vie de l'offenſé tout
autant d'années, qu'on en ſouffre des momens en celuy qui ne
la conſerue que pour l'offenſer. Ceux qui prennent aduis de
ces mauuais conſeillers, de la ſuperbe & de la haine ſont ca-
pables de tous les maux imaginables. L'vne enſanglanta les
commancemens du monde & nous fit voir en ſa naiſſance q'vn
Frere n'eſtoit pas aſſeuré en la compagnie de ſon Frere ; le meurtre & le parricide ſont les effects ordinaires de ceſte furie, la
cholere eſt ſon coup deſſay, l'enuie le directeur, le deſeſpoir le
miniſtre, & aprés auoir prononcé des ſanglants Arreſts, comme Iuge, elle les execute comme bourreau : l'autre à eleué dans
le Ciel ſes preſomptueux & ſacrileges deſſeins iuſques au throſne
de Dieu & montré en terre que pour s'aſſeoir ſur celuy des
ſouuerains, il faut oublier la nature, n'écouter point la raiſon,
meſpriſer les loix, paſſer par l'impieté, fouler aux pieds ſon ſang,
& pour y monter faire tout pour ne laiſſer rien d'intenté.
Ie ne ſçay laquelle des deux à poſſedé ce Prince : mais il nous
conſte qu'il à mepriſé, foulé, ſoüillé tout ce qui eſt de droict
diuin & humain ; deſerteur de la patrie, apoſtat de la religion
de ſes ayeulx, meurtrier de ſon Pere n'a conſolé le deſeſpoir

de sa conuersion, que par la malheureuse esperance qu'il nous donne de ne pouuoir iamais rien adjouster à l'enormité de ses crimes. Il a pris les armes contre son Pere, sans que ny la saincteté inuiolable du Royaume, ny la Majesté du Roy, ny son aage venerable & decrepit, ny le nom de Pere, ny la voix mesme de la nature ayent pû tant soit peu moderer les furieuses resolutions de l'ame de celuy qui ne meditoit que la mort. Il a fait mine d'attaquer iusques à ce que par la deffection des siens, il a cherché dãs la facilité du Roy, son pardon & sa grace, & dans elle, le moyen de changer le fer en poison, après auoir renuersé les Autels il vouldroit remplir le Throsne de l'impieté des Romains, & establir vne tyrannie sur les ruines de la Royauté: mais comme sa bonne fortune l'a aueuglé, sa mauuaise le conduit dans le precipice. De peur qu'il ne paroisse moins impudent en la pretendue deffense de son crime, comme il a esté denaturé d'en former le dessein & d'en poursuiure l'execution, il tourne toute sa rage contre la Reyne, les amours de son Pere & l'objet de sa propre auersion; se moque de la Iustice, se rit de son attentat, & triomphe de sa conuiction. Chose estrange! celuy qui dans les fers & après auoir perdu sa liberté, menace celle de son Iuge, que feroit il dans la pourpre? celuy qui dans la prison conserue vn orgueil insupportable que deuiendroit il dans le Throsne? & le criminel qui dans son crime, veut condamner la Iustice, qu'elles ordonnances feroit il s'il estoit Maistre du Royaume? il a mesprisé la religion des Goths pour s'inscrire dans celle des Romains, & non content d'auoir quitté son païs natal il y a appellé l'étranger, il a concerté auec luy & deuenu compagnon, ministre & executeur de ses desseins, n'a conclu ceste alliance solemnelle que par la fin de la vie de son Pere, qui demande seulement pour l'expiation de ses fautes, qu'il

abjure ceste erreur, il refuse, persiste, s'opiniastre, & nous ne tra-
uaillons par nos douces remonstrances, qu'a fomenter son or-
güeil & à nous oster le moyen de délibérer, lors que nous luy donnons celuy d'executer. Ce n'est pas icy vn criminel de qui le crime soit à ne pas redouter, ce n'est pas vn crime qui ne s'attaque à
la personne du Roy, en vn mot ce n'est pas icy vn Roy, à la conseruation duquel on ne doiue sacrifier la teste qui conspire sa perte, il à paru si superbe & si plain d'orgueil qu'en plaidant mesme
pour sa vie, il à merité la mort. Ie côclus donc, Sire, que si Hermenigilde pour combler sa desobeissance ne veut rien relascher pour
ceste religiô qui est suspecte à vostre vie, s'il n'espreuue les effects
de la Iustice pour ce qui touche vostre Majesté, qu'il ressente ceux
de la rigueur de la loy pour la querelle de Dieu.

GERAGATHE.

Il ne demande pas des offrandes sanglantes, Monsieur, la clemence sied fort bien à vn Roy, encore mieux à vn Pere, & les persuasions a la seuerité, tres mal à celuy qui les inspire.

SOPHRONISQVE.

Le soin de conseruer la vie naist auec elle en tout le monde, &
la iustice marche auec la Royauté, l'vn & l'autre s'opposent aux
mauuais desseins.

GERAGATHE.

Et tous les deux deffendent d'en auoir contre les innocens, le
Prince l'est encore.

SOPHRONISQVE.

Il cessera bien-tost de l'estre.

GERAGATHE.

Pour lors vous commancerés de vous en plaindre.

SOPHRONISQVE.

Ie differerois trop.

GERAGATHE.

Vous le condamnez donc par ce qu'il n'est pas coupable.

SOPHRONISQVE.

Non, mais ie l'accuse, pour qu'il ne le deuienne.

GERAGATHE.

Si quelq'vn vous accusoit du crime de leze Majesté, & pour vous empescher de le commettre taschoit à vous oster la vie, seroit il la Iustice?

SOPHRONISQVE.

Celuy qui m'auroit veu conspirer contre mon Roy, feroit fort bien de me preuenir & d'arracher de mon cœur, auec ma vie le dessein que i'en aurois formé. Quand on se met sur vn grand chemin pour voler, on est voleur auparauát qu'on miette la main au sang. Les actions de ce Prince nous font bien voir qu'elles n'ont point d'autre fin que celle de la vie du Roy. Voyés le res- pect qu'il à pour sa Majesté, comme il obeit a ses commádemens, voyés l'estime qu'il fait de la pieté de son Pere, comme il honnore sa religion : tout cela ne fait il pas voir qu'il seroit rauy de se des- charger de l'obligation qu'il en a ?

GERAGATHE.

La nature qui luy impose la Loy d'obeir à son Roy, le dispen- se de celle de la Foy de son Pere, le Ciel mesme respecte ceste li- berté ; s'il en auoit voulu mesufer, il auroit dissimulé par addresse ce qu'il ne soûtient que par vn zele qu'il croit pieux.

SOPHRONISQVE.

Nos ennemis seroient autant les siens, comme ils luy son ac- quis, sans ceste deuotion, dont la Royauté fait l'Idole, le Thros-

ne fait l'Autel, les Romains les sacrificateurs, & le Roy l'Holo-
causte. Ie croy que le seul moyen de defendre ce diabolique culte
est d'empescher Hermenigilde de viure.

GERAGATHE.

Ne traités pas si mal sa vertu, laissés aux Goths leur Prince legitime, & n'enuiés pas au Roy vn heritier a sa couronne.

LE ROY.

C'est assés ie ne donneray iamais à mes peuples mon meurtrier
pour mon successeur. Appellés Leonidas ? ie iure par ma teste
qu'il perdra bien tost la sienne.

GERAGATHE.

Il n'a point d'autre crime que celuy de sa superstition. C'est
son malheur particulier. Mais, Sire, vostre Majesté puniroit elle
bien de mesme peine vne legereté en son Fils, comme la plus noire
mechanceté, au moindre de ses sujets ? Deferoit elle son ou-
rage?

LE ROY.

Ie punis en mon Fils l'enormité la plus noire du plus cruel de
mes ennemis, & vn ouurage qui peut estre mauuais ne pouuant
estre à moy, ie le d'esaduoüe, ou s'il est mien ie le defais; parce qu'il
ne me plaist pas; en le faisant mourir i'ay pour objet d'esteindre vn
crime dangereux, & non pas la vie de mon Fils.　　Ny luy n'est
point mon Fils, puisqu'il est mon ennemy, ny ie ne suis point son
Pere, lors que ie le condamne; ie suis le tutelaire de la Iustice des
Goths qui atterre l'ennemy des Arriens, & tous ceux qui osent
parler au Roy pour le traistre qui conspire contre sa vie, font voir
qu'ils on peu d'interest à sa conseruation.

SCENE

SCENE IV.

LE ROY , LEONIDAS.

LE ROY.

I'Ay besoin d'vn homme de cœur & de fidelité, ô Leonidas, pour vne execution importante.

LEONIDAS.

I'Ay assés de l'vn & de l'autre pour ne ceder iamais à personne la gloire de celuy la, & trouuer tousiours en l'execution des commandemens de vostre Majesté le moyen faire connoistre la determination de celle cy.

LE ROY.

C'est aussi la connoissance que i'en ay qui ma fait ietter les yeux sur vous pour faire ce que ie desire : mais c'est aussi la force de ce desir qui me fait demander si vous le serés.

LEONIDAS.

Si vostre Majesté auoit reconnu en moy quelque pensée lasche, elle me deuoit faire perdre auec l'affection dont elle ma honorée, la teste qui l'auroit conceuë. Si cela n'est point, il semble qu'elle me fait tort de douter de ce qui ne sera iamais.

LE ROY.

Mais s'il m'en faut donner des preuues plus particulieres, ne relascherés vous point de ceste affection, & ne me lairés vous point le desplaisir d'vn refus que ie ne pourrois supporter ?

L.

LEONIDAS.

Pourueu que voſtre Majeſté n'en exige point de plus fortes
que celles de luy donner ma vie, commandés moy, Sire, de l'aller
vendre à ſes ennemis, ou la perdre pour ſon ſeruice, il n'eſt point
de haſard ou que ie ne franchiſſe, ou qui me faſſe reculer.

LE ROY.

C'eſt bien & contre mes ennemis & pour mon ſeruice, mais
non pas pour la perdre ny la haſarder.

LEONIDAS.

Quoy donc Sire?

LE ROY.

Pour deliurer la mienne du danger qui la menace.

LEONIDAS.

Et pour cela & pour tout ce qu'il plaira à voſtre Majeſté afin que
ie le faſſe, il faut qu'elle me le die. Ie l'ay ſupplié tres humblemét.

LE ROY.

Ie crains.

LEONIDAS.

O Dieux : depuis quand vne fidelité comme la mienne eſt
deuenuë ſuſpecte? il m'eſt bien mal-aiſé de m'en imaginer la
cauſe, mais du tout impoſſible que i'en ſupporte l'effect, ſi i'ay
failly, Sire, laués dans mon ſang, ou deſcouurés des fautes que
la volonté n'a point commis, ou ſi i'en ſuis exempt pourquoy me
ſupprendre dans des mortelles doutes?

LE ROY.

Sçaués vous bien la loy de garder le ſecret?

LEONIDAS.

Beaucoup mieux que conſeruer ma vie.

LE ROY.

Faites donc : mais n'hesités pas. Faites qu'Hermenigilde perdre la teste cette nuict, si vous voulés conseruer la vostre.

LEONIDAS.

Ah ? SIRE, que me commandés vous ? Voudriés vous que ie fusse teint de vostre Sang ?

LE ROY.

Regarde & voy dans le visage de ton Roy, si le caractere de la Majesté des Gotgs n'inspire pas & l'affection & la crainre, qu'il perisse si tu veux viure.

LEONIDAS.

Voyés, SIRE, que vostre Majesté n'ait autant de sujet de se repentir de m'auoir commandé, comme i'ay de regret qu'elle me force de luy obeir, pour vne execution si pitoyable.

LE ROY.

Elle m'est absolüement necessaire : allés Leonidas ne repliqués plus. Donnés bon ordre à tout ce qu'il faut faire, & prennés celuy de Sophronisque. Faites que le iour ne voye pas le delay de mes Commandemens, ny la perte de vostre fortune. Toute chose vous est permise, hormis le retardement.

L 3

ACTE V.
SCENE PREMIERE.

LE ROY, SOPHONISQVE.

LE ROY.

E fera bien toft que ie verray mes Eftats en affeurance & la cheute d'vue tefte fatale à la mienne, affermir ma Couronne. C'eft par la mort de ce déloyal que i'acheueray ma vieilleffe fans inquiétudes. Aués vous donné ordre à ce que rien ne manque ny à la feureté, ny à la promptitude de cette execution?

SOPHONISQVE.

Tout eft difpofé, SIRE, & la nuict ne s'acheuera qu'auec fa vie.

LE ROY.

Prennés bien garde que cela foit. Ie le veux.

SCENE II.

INDEGONDE, LE ROY, SOPHRONISQVE.

INDEGONDE.

AH! Monsieur, à qui en voulés vous ? à vn corps dont la mort se dit l'ombre ; & qui n'est different d'elle, que par la douleur qui le fait gemir souz les chesnes dont la pesanteur charge vn col qui n'auoit iamais courbé que souz les Lauriers. Ie ne puis que deuant Dieu, puisque vostre Majesté est au dessouz de luy, demander Iustice de vostre sang qu'a vous mesme, espargnés le, tirés le des liens. Toute la terre tremble souz vostre puissance, qu'elle adjoûte à la crainte, l'amitié. Hermenigilde autrefois son objet, la matiere de ses bienfaits, le sujet de ses caresses, l'espoir des peuples, & maintenent celuy des rigueurs, des soufrances & de la compassion de tout le monde, languit dans les cachots, pâle, desfaict & si different de ce qu'il à esté, qu'il à moins la forme d'vn homme que la déformité d'vn squeleté. N'etouffés pas son dernier soûpir, que vostre Majesté luy permette ceste piteuse liberté de le rendre entre ses bras qui l'ont tant de fois caressé. C'est pour l'en supplier tres humblement que ie me iette à ses pieds que i'embrasse comme vn azile asseuré, duquel on n'arrache pas les affligés, sans auoir essuyé leurs larmes ; ie ne les quitteray iamais qu'après les auoir trempés de celles d'vne pauure Princesse accablée de deuil, qui tirera à faueur d'oublier sa condi-

tion pour prendre celle d'esclaue, pourueu qu'elle puisse fléchir le
Pere d'Hermenigilde. Grand Roy vostre Empire ne s'estendroit
pas tant, si vous ne regniés encore mieux dans les cœurs que dans
les Prouinces, tous ceux de tous les peuples ne souspirent que des
vœux qu'ils font pour voir reuiure la bonté que leur Roy auoit
pour le Prince des Goths. Que vostre majesté mit le prix de ses vic-
toires, à couper la teste de son Fils, dont le des-honneur rejailliroit
sur sa Couronne! Seigneur vos Lauriers n'étouffent pas les oliues,
& ne souffrent pas que la foudre tombe sur ceux qui s'y mettent
à l'abry, ie les étrains ou comme l'Autel de la paix, ou comme le
gibet de la plus infortunée des creatures. Voudriés vous que vos
Palmes fussent abbreuuées du sang de celuy pour qui vous les aués
moissonnées? le Soleil ne paroist iamais ny auec plus d'éclat, ny
auec plus de beauté, qu'aprés que quelques épais nuages nous en
ont dérobé les rayons, vne forte cholere à caché trop long temps
ceux de voste clemence. Que voste Majesté redonne à son visage sa premiere serenité, ceste ioye à vos sujets & à Hermenigilde
les marques ordinaires de son affection.

LE ROY.

Elle est éteinte dans sa mechanceté & sa vie le sera bien-tost
dans son sang.

INDEGONDE.

Il est le voste, Monsieur.

LE ROY.

Et parce qu'il est mien, & parce qu'il est mauuais, ie le veux
épancher.

INDEGONDE.

Touttes les gouttes qui tomberont à terre seront autant de
langues qui crieront vengeance.

LE ROY.

Ce sera donc aux fourmis. Qui les écouteroit?

INDEGONDE.

Dieu.

LE ROY.

Il luy respondroit. Pourquoy estois tu perfide?

INDEGONDE.

Si ceste perfidie vient de sa loy, & vos rigueurs de ce foible pretexte; la prison fait son Throsne, les chesnes son ornement, l'oppression sa ioye, la mort sa felicité & sa perseuerãce son merite.

LE ROY.

Le criminel qui cherche sa gloire dans son crime & qui prendroit son repentir pour sa perte merite il le pardon?

INDEGONDE.

L'Innocent ne se repent iamais, Hermenigilde l'est trop, pour ruiner par le crime du vice, le merite de la vertu.

LE ROY.

Et ie suis trop iuste pour luy donner iamais d'autre grace que celle du choix du supplice.

INDEGONDE.

La generosité n'en demande point à la tyrannie & le martyre n'en veut pas deuoir aux ennemis de Dieu.

LE ROY.

Impudente, qui vous amene icy.

INDEGONDE.

Le regret.

LE ROY.

Qui vous fait parler de la sorte?

INDEGONDE.

La verité.

LE ROY.

Qui vous rend si temeraire d'irriter ma vengeance ?

INDEGONDE.

Le mépris.

LE ROY.

Chassés moy ceste furie.

INDEGONDE.

Ecoutés Roy des Goths.

LE ROY.

Parle ; degobilis d'enfer.

INDEGONDE.

Ne vengés pas sur vostre Sang, sur Hermenigilde la Religion d'Indegonde, puis qu'il ne la tient que de ses instructions, déchirés mes membres, & puisque les Tygres boiuent le sang, conserués vostre propre, desalterés vous du mien, éteignés en le brasier de Goisvinthe & les feux de vostre haine : mais soyes sobre à deuorer vos entrailles.

LE ROY.

Allés Tisiphone apres auoir écrasé la teste au serpent, nous brûlerous la vipere, nous le ferons.

INDEGONDE.

Tout Roy que vous estes vous ferés le bourreau, & nous iamais rien d'indigne, ny de Princes ny de Chrestiens.

LE ROY.

Chassés la d'icy.

Scene 2.

SCENE III.

LE ROY, SOPHRONISQVE.

LE ROY.

Sophronisque donnés bon ordre à tout, ne manqués pas de m'apporter au matin les nouuelles de ce qu'on aura fait la nuict : Qu'il meure.

SOPHRONISQVE.

Que voſtre Majeſté dorme en repos, elle ſera deliurée de ſon ennemy. Si Indegonde demande à le voir ?

LE ROY.

Qu'on la luy méne, elle mourra deux fois; mais redoublés les gardes à Recarede. Ma vie eſt entre vos mains, aſſeurés la par cette mort.

SCENE IV.

LEONIDAS ſeul.

DVre & ſeuere Loy qui attaches nos ſoûmiſſion ſeruiles à vne obeyſſance aueugle des commándemens des Roys qui n'ont ſouuent point d'autre raiſon que celle de leur Authorité; cruelle extremité de donner la mort, ou de perdre la vie, facheuſe neceſſité qui me noircit d'infidelité & de prodition, ou me fait rougir

M

d'vn Sang ſi precieux ? Loy , extrémité, neceſſité, de combien d'irreſolutions mortelles vous me partagés, Mon eſprit ne s'eſt pas ſi toſt ſoûmis à cét Empire , que ma main tremblante d'effroy & dépouuente, refuſe d'obeïr a cét ordre meurtrier qu'elle exe-cuteroit plutoſt ſur ma propre perſonne, que d'en ſouffrir la bar-barie ſur celle d'vn Prince ſi aimable, ſi ceſte inutile pitié n'é-toit forcée de ceder aux furieuſes reſolutions d'vn Roy, dont la haine étendroit ſes redoutables effets ſur moy, ſans les détour-ner d'Hermenigilde. Auec quel viſage, auec quels yeux dans ce deſordre confus pourray-je approcher cet Illuſtre condamné ? Vafrede ouure.

SCENE V.

HERMENIGILDE, LEONIDAS.

HERMENIGILDE.

HE bien Leonidas, qu'elles nouuelles ?

LEONIDAS.

Ie voudrois eſtre ſans langue pluſtot que de la faire ſeruir à vous en annoncer de ſi triſtes. Auſſi mes yeux par mes larmes ſeront bien plus eloquens que ma bouche, à qui l'horreur interdit la parole, pour vous y faire lire la teneur de ma funeſte cōmiſſion.

HERMENIGILDE.

Leonidas, vous n'en aués point de ſi facheuſe qui me puiſſe ſurprendre. La mort meſme me trouuera diſpoſé à l'embraſſer auec ioye. Dites ne celés rien.

LEONIDAS.

Si par la mienne, Monſieur, ie pouuois reuóquer le commandement du Roy, eſtablir le repos de voſtre Alteſſe & empeſcher
qu'il ne ſut troublé par vn autre : vous me verriés tout maintenant trebûcher à vos pieds, vous conſacrer ma vie, & m'eſtimer
trop heureux ſi par là, vous pouuant rendre quelque ſeruice, la
gloire de l'auoir fait me conduiſoit au tombeau : mais puiſque la
volonté du Roy eſt irreuocable, & que celle que i'aurois de vous
donner ma vie pour la conſeruation de la voſtre ſeroit inutile,
i'obeis à la neceſſité lors que ie ſuis forcé de faire ce que le Roy
deſire.

HERMENIGILDE.

Vous aués ô Leonidas & trop de bonté & trop d'affection
pour vn Prince malheureux, qui ne peut reconnoiſtre que par
l'eſtime qu'il faict de voſtre perſonne, la bonne volonté que vous
luy témoignés : mais quand elle ſeroit telle que la conſideration
de ma vie vous porteroit à prodiguer la voſtre, le commandement
du Roy vous en diſpenſeroit, & tout ce que i'aurois de force vous
en oſteroit le moyen ; executés ſeulement ſes ordres & ſi ne vous
eſt defendu, dites m'en la teneur.

LEONIDAS.

Ils ſont tels Monſieur, que ma mort doit eſtre la peine du
du dilay que ie prendray d'auancer la voſtre.

HERMENIGILDE.

Ie vous rends graces tres-humbles, grand Dieu. I'auois reçeu
de vous, par mon Pere vne vie que i'auois commune auec les
fourmis & les mouches, & vous la changés par luy meſme en la
felicité des Anges, & la gloire des bien heureux. Dites de quel
genre de mort.

M 2

LEONIDAS

Ie fremis de le dire. Eſt-il poſſible qu'vn Pere deſtine au fer
la teſte de ſon Fils?

HERMENIGILDE.

I'entends ce que vous voulés dire, j'ay regret d'vne ſeule choſe,
que le Supplice en ſoit ſi court; ie voudrois que par tout autant
de playes comme j'ay de placesſur mon corps à receuoir des coups,
mon Ame pùt ſortir de ceſte priſon. Quand & ou me veut il
faire executer ?

LEONIDAS.

Cette nuict, dans la priſon.

HERMENIGILDE.

Qu'elle heure eſt-il ?

LEONIDAS.

Il eſt deſ-ja vnze heures, Monſieur. Il veut que cela ſe faſſe
dans le ſilence de la nuict.

HERMENIGILDE.

Regardés le Ciel, Leonidas, voyés vous combien d'Eſtoilles?

LEONIDAS.

Ie les vois, Monſieur.

HERMENIGILDE.

Le Roy ſe trompe ie ne mouray pas ſans teſmoins: tout autant de Flambeaux, que vous voyés briller ſouz les pieds des heureux, en ſont autant qui éclairent mon Innocence. Ie vous demande ſeulement ce dernier ſeruice; c'eſt de me faire parler à vn
Preſtre Catholique.

LEONIDAS.

On defend à voſtre Alteſſe tout autre conference que celle
des Arriens.

HERMENIGILDE.

Bien que le Roy refuſe à ſon Fils ce qu'il ne denieroit à qui que ſoit, pour augmenter ſon injuſtice il ne diminuera pas m'a reſolutió, & puiſqu'il m'interdit l'entretien d'vn Cófeſſeur donnés moy le loiſir que ie m'entretienne vn moment auec Dieu.

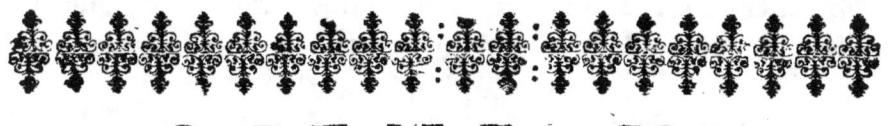

SCENE VI.

ERASISTRATE, VAFREDE, HERMENIGILDE.

ERASISTRATE.

ATtends Roy des Goths, & ne precipite point vn ſacrifice ou ie dois accompagner la victime. Ie t'apporte vne teſte qui t'eſt neceſſaire, & que par Dariace & Hermeniſride tu dois preſenter à Goiſvinthe.

VAFREDE.

Ou venés vous Eraſiſtrate? dans vn lieu ou ie vous voy auec beaucoup de crainte, ſçachant bien que vous n'y pouués eſtre qu'auec beaucoup de danger.

ERASISTRATE.

Venés, barbares, bourreaux, ſatellites. Venés reçeuoir la mort qu'injuſtement vous voulés donner à l'Innocence. Vien Roy cruel, vien acheuer ton crime, vien percer ce cœur debonnaire de ta main meurtriere que peu de iours auparauant tu auois miſe dans la ſienne, pour vn gage de tes affections. O Ciel eſtes vous juſte ? juſtice ou eſt la vengeance des crimes ? vengeance

manqués vous de tonnerre ? tonnerre feriés vous bien fans foudre ? Ciel, iuftice, vengeance, tonnerre, foudre. Voyés donc
balancés, puniffés, tonnés, foudroyés ces impoftures, ces perfi-
dies, ces enormités, ces cruautés & ces facrileges.

VAFREDE.

Tous les Goths regretent auec vous ce que pas vn ne fçauroit
empefcher ; c'eft le fort d'Hermenigilde, Erafiftrate, que vos
plaintes vous rendroient contagieux, fi le Roy le fçauoit.

ERASISTRATE.

Ou eft mon Prince ? ou eft-il ? que ie l'embraffe. Adorable
Hermenigilde de tous les Princes le plus vertueux ! comment
vous tiens-je ? comment vous voy-je le plus aymable de tous les
hommes? ô trop credule bonté ! ô confeils inutiles !

HERMENIGILDE.

Viués vous encore, Erafiftrate, ou fi c'eft voftre ombre qui
vient vifiter apres voftre mort, vn mourant à qui vous fûtes fi
cher durant voftre vie ?

ERASISTRATE.

Oüy, Monfieur, ie fuis encore viuant & n'eftant né que pour
V. Alteffe, ie viens ceffer de viure, pour mourir auec elle : mais
vous aués trop de cœur & moy trop d'affection pour ne donner
a nos ennemis ce refte de nos vies qu'a vn prix bien cher, &
c'eft pour ce deffein & cefte execution que ie viens le leur faire
achepter par le prix de leurs teftes ; c'eft par mon fang qu'il fe doiuent frayer le chemin pour venir à vous, & c'eft dans le leur que
ie laueray l'iniuftice, l'oppreffion & l'ignomine des bourreaux, ou
peut eftre au milieu de fes gardes que ie porteray la mort, au plus
cruel, ou l'enfeueliray fous les ruines de fon Palais, & quand au
lieu de donner a mes reffentimens le fang de ces barbares, ie

perdray dans cette entreprise tout le mien, ce sera toûjours auec
cette satisfaction, qu'ils n'auront en cela serui que de Ministres
à mon desespoir.

HERMENIGILDE.

Pourquoy vous emportés vous auec tant de furie Erasistrate?

ERASISTRATE.

Pourquoy vous fait on mourir auec tant d'iniustice, Monsieur!
faut-il que vous mouriez mon Prince, & que ie viue? oüy ie viuray & vous mourrez : mais ie ne viuray que pour employer à vôtre vengeance, mes forces, mon corps, la rage & le desespoir :
& vous ne mourrés point que ie n'aye fait a vos pieds vn ram-
part des testes de vos ennemis. Venés monstres épouuentables,
auides d'vn sang pur, goûtés premierement de celuy-cy ; que ie
le méle auec le vôtre ; que i'y employe & les griffes & les dents ;
que ie deschire, que ie ronge vos cœurs ennemis & si ie manque d'armes, que ie fasse seruir ma langue, que ie ietteray en
tronçons sur vos faces hideuses & épouuentables.

HERMENIGILDE.

Ces effects trop zelés d'vne affection si forte, que vous aués
pour le mourant Hermenigilde ne peuuent point trouuer de com-
paraison qu'auec la bonté qui vous a toûjours attaché au Prince
des Goths : il meurt auec ce seul regret de n'auoir rien pû pour
vous que vous payer par son amitié de celle que vous luy aués
porté ; mais quelque grande qu'elle soit, elle ne nous doit pas faire
perdre le repect que chacun doit aux Roys, nous deuons regler
celle là dans les termes d'vn attachement raisonné, & conseruer
celuy-cy iusques au dernier soûpir. Le nom des Roys est sacré
comme leur personne ; on ne doit parler ny de l'vn ny de l'autre
qu'auec veneration ; leur volóté est souuent cóme eux vne Rei-

ne aueugle, préocupée par les infidelles rapports des Miniſtres intereſſés, qui leur font prononcer des iugemens iniques ; cependant ce n'eſt pas aux perſonnes priuées d'en faire la cenſure, moins encore de toucher a leur vie que comme aux choſes Stes. I'ay entédu les nouuelles de ma códamnatió auec ioye, & toute l'iniuſtice d'vn iugemét ſi peu iudicieux, n'a point alteré le mien, conſolés vous mon cher Eraſiſtrate, & ſi vous ſçaués en quel état & m'a diuine Indegonde & l'aymable Recarede ſe trouuent ſatisfaites ma derniere curioſité.

ERASISTRATE.

La Princeſſe a permiſſion de vous voir, & pour le Prince Recarede, voila vne lettre qu'il enuoye à voſtre Alteſſe.

RECAREDE.

AV PRINCE HERMENIGILDE.

'Aurois pour faire cette Lettre emprunté vne main étrangere, de peur que l'abord d'vn objet effroyable ne bleſſât voſtre veüe, ſi ie ne croyois que ſi vous l'en détournés par auerſion, vous la jeterés encore par compaſſion ſur ces mòts que les larmes qui me ſeruent de voix, effacent à meſme temps que ma main mal aſſeurée, par la charge des fers qui la preſſent, tâche d'en faire quelque éſcriture. Vous la verriés peinte de mon ſang ſi n'ayant rien de libre que le mourir, ny point d'autre deſſein que celuy de vous donner ma vie pour reparation de la vôtre, elle pouuoit

uoit

noit lauer l'iniure innocente que ma credulité & la vôtre vous font
souffrir : cette victime pourtant quelque immonde qu'elle soit est de-
uoüe a vos Manes, & son sacrifice s'acheuera sur vos cendres, si vous
qui estes l'arbitre de nos sorts, pour n'acheuer le mien, n'adoucissés dans
la reconnoissance de ma faute impreueüe & trop zelée, vos iustes ressentimens & pour ne terminer le vôtre, vous ne dissimulés pour vn
temps vne ceremonie qu'on fait seruir, manque d'autre raison, de
pretexte a l'injustice & à la perfidie, vous tenez donc & vôtre vie
& la mienne entre vos mains ; vous ne pouués conseruer ny l'vne ny
l'autre que par la proffession de la foy Arienne, & vous acheuerés
les deux, si pour estre trop attaché a ces sentimens qui se conseruent
mieux dans l'ame que dans la bouche, vous laissés au Roy lieu de
se plaindre de vôtre obeissance, & à vos ennemis celuy d'appuyer
leur malice des interests de Dieu. Il laisse a nos cœurs comme fidelles
interpretes, l'expression de nos pensées & comme il en est le scrutateur,
il void luy seul les autels que nous luy dressons dans eux mesmes,
auec les veritables vœux que nous luy faisons en secret, lors que la
tyrannie deffend a nos paroles la verité de nos sentimens. Les saincts
qui ont puisé dans la source celle de la Religion, qui ont succé auec elle
les mouuemens legitimes, & dont les actions doiuent seruir de regle
aux vôtres, ont caché dans les grottes & les lieux soûterrains, l'exercice de leur foy lors qu'vne iuste apprehension leur en ôtoit auec le
moyen, la liberté de la faire paroistre en public, ils se contentoient de
dérober a la violence celuy de la cruauté & donnoient de l'encens,
dans ces lieux écartés ou la fumée ne pouuoit estre aperçeüe que de la
seule diuinité, ils croyoient sans doute auec raison que le plus beau sacrifice estoit de côseruer vne vie qui pouuoit estre vtile. Quand l'exemple de ces augustes personnages de qui l'imitation fait la gloire de la
veitu des Chrestiens, agiroit foiblement sur la vôtre, ie ne doute point

N

qu'vne amour trop legitime ne suspendit vos pas si vous les auiés leués
pour courrir a vne mort, ou vous traisneriés ce que vous aymez auec
tant de raison non mon cher Hermenigilde, si vous haïssés la vie, ne
prodigués pas celle de la Princesse du monde la plus aymable. Pensés
vous qu'elle puisse voir vostre resolution que comme l'arrest de sa mort?
pensés vous qu'elle puisse suruiure vn moment a vostre perte quel fu-
neste contentement pouriez vous auoir de conduire au tombeau celle
qui ne soûpire que pour vous espargnés, Indegonde, adjoûtés à l'interest
de vostre conseruation celuy de vostre amour. Le Roy vous donne tout
autant de temps qu'il en faut pour vous resoudre à retourner en l'Eglise
Arienne. Ne perdez pas vn Royaume pour conseruer vne opinion.
Faites remonter la bonne fortune sur le Trône, auec vous. Tirés vostre
proffit de l'occasion presente, pour en faire la joye de vos amis, dissi-
mulez en ce moment ce que vous pourrez professer, malgré vos ennemis, tout le temps de vostre vie. La consideration de la mienne est trop
odieuse pour meriter dans vostre esprit, point d'autre lieu que celuy de l'horreur, aussi ne me flatte-ie pas que d'vne seule esperance,
c'est que là ou l'exemple des Sts. & l'amour d'Indegonde ne dimi-
nueroient en rien vos funestes resolutions, celle que i'ay de vous prece-
der au tombeau, comme i'ay fait chés le Roy, que la perfidie a changé
en Tyran, donnera sans regret à la iuste punition de vostre innocent
Bourreau, la vie de l'homme du monde le plus malheureux, &
plus inconsolable.

RECAREDE.

HERMENIGILDE.

Erasistrate, dites à mon Frere, que si ma seule consideration
fait son malheur, son innocence doit faire sa satisfaction. I'ay
de son bon naturel des marques pleines de tant de candeur, que ie

ne pourrois sans vn ingrat soupçon, douter de la bonté de son
ame. Qu'il se console auec tout ce que i'ay d'amis, puis qu'il
n'est point d'homme de bien qui ne puisse estre conuaincu du
crime duquel ie m'accuse & pour lequel ie consacre ma vie; la
sienne est destinée à la succession d'vn Sceptre qui eût chargé ma
main, quand on ne me l'arracheroit pas auec ma vie; dont les restes seroient ternis par vne tache que tout le sang ne pourroit lauer,
si ie balançois tant soit peu sur l'aduis qu'il me donne; si celle des
Saincts à cherché des solitudes pour sa consolation, si elle s'est
trauestie, si elle n'a pas publié sa Foy sans necessité; elle à courru
deuant le Tribunal des Tyrans quand il a esté besoin, elle s'est de-
clarée & professé hautement ses sentimens, quand on en à exigé
la Confession; ny la terreur des roües, ny l'epouuante des supplices, ny enfin tout ce que la cruauté à eu de plus étonnant, ne la pas
esté assés pour interdire à la parole la protestation de la croyance
qu'ils suiuoient en leurs cœurs. Leur constance dans les tour-
més n'est pas imitable aux foibles, ie le suis trop pour me flatter de
force : mais ie reçois de Dieu tant de grace que i'espere d'en auoir
autant qu'il en faudra pour mourir en Chrestien. Sechés vos larmes, Erasistrate, & mon Frere & vous consolés vous d'vne perte
qui vous deliure de beaucoup d'inquietudes, & moy de toutes
mes miseres. Ma chere Indegóde à trop de vertu pour n'aymer pas
vne resolution, dont elle detesteroit la foiblesse, le souuenir de sa
generosité inspire en mon ame tant de constance, que tout ce que
i'ay de resolu me vient de son imitation; elle sçait bié qu'vn cœur
partagé n'a point de maistre, & qu'apres nous estre donnés reci-
proquement les nostres, nous les auons offerts à Dieu. Elle me
verra mort & pour lors elle croira m'auoir donné la vie. Elle donnera plustot des loüanges à ma resolution, que des soûpirs à mes

N 2

cendres, qu'elle ionchera des fleurs. Ne les troublés pas par vos pleurs, mon cher Erafiftrate.

ERASISTRATE.

Mon adorable Prince, eft ce comme cela que vous nous eftes rauy en la fleur de voftre aage.

HERMENIGILDE.

Ie ne la rends qu'a celuy qui l'auoit plantée.

ERASISTRATE.

Mais trop toft.

HERMENIGILDE.

Celuy qui meurt pour Dieu, à toûjours affés vefcu.

ERASISTRATE.

Diffimulés voftre Pieté, Monfieur.

HERMENIGILDE.

Ie diffimulerois vn crime, Erafiftrate.

ERASISTRATE.

La conferuation de la vie iuftifie la crainte de la mort.

HERMENIGILDE.

Vne baffeffe criminelle ne fe iuftifie pas par vne lâcheté deteftable. Ah ! que vois-je ma chere Princeffe?

SCENE VII.

INDEGONDE, HERMENIGILDE, ERASISTRATE.

INDEGONDE.

AH ! vertueux Hermenigilde.

HERMENIGILDE

Diuine Indegonde.

INDEGONDE.

Qui m'arrachera de vos bras ? la mort ? elle est iniuste, si elle me priue de mon bien, elle est ialouse, si elle m'enuie le bon-heur de vous suiure, elle est cruelle, si separant le cœur de mon corps, elle me laisse l'vn sans l'autre, ou ne m'oste les deux, elle est auare, si dedaignant de prendre à present ma vie, elle n'en refuse ce que i'en ay que pour le reprendre à tout moment.

HERMENIGILDE.

Ma chere Indegonde, ou est maintenant ceste constance qui fait le merite des Chrestiens, & ceste resignation à la volonté de Dieu ? vous repentés vous de m'auoir appris le moyen de mourir pour sa cause ? voudriés vous m'arracher vne palme que ie riens desi-ia ?

INDEGONDE.

Non, mais ie sens couler des pleurs que ie ne puis retenir. Il semble qu'on ne regrette qu'auec iustice, ce qu'on n'ayme qu'auec raison. ### HERMENIGILDE,

Reglés vos sentimens plus tendres & ne souhaittés pas que vos larmes soient plus fortes que la necessité, il semble iniuste de pleurer ceux dôt la mort fait la felicité. Le bien de ce que nous aimons ne doit pas faire nos regrets, lors que la raison fait nostre amour.

INDEGONDE.

Mais quand nous perdons tout, nous peut il rester quelque chose ? la peut on conseruer ?

HERMENIGILDE.

Vous ne perdés rien, Indegonde.

INDEGONDE.

Ie vois ce que ie pers quand ie vois ce que vous valés,

HERMENIGILDE.

Vous voyés auſſi ce que vous gagnés, quand pour vous oſter vn Mary, on vous rend vn martyr.

INDEGONDE.

Il eſt vray que ie ne dois pas vous regarder comme mon époux, mais vous reuerer comme vn ſainct : ce ſont auſſi mes premieres offrandes que ie vous preſente, ie vous apporte vn cœur qui vous dreſſe vn Autel, ou ie vous ſacrifieray toûiours toutes mes penſées.

Bien que l'amour conjugal ſe donne la licence, ſans prendre congé de la raiſon, de pleurer exceſſiuement ceux que la vertu nous fait incomparablement cherir, ie deſaduoüe toutes les larmes qui tombent, malgré moy au triomphe de la pieté & de la conſtance, & ſi mes yeux en verſent encore, c'eſt ſeulement par ce que ie ſuis indigne de la grace d'vne ſi bonne action.

HERMENIGILDE.

Tout le merite vous en eſt deu, & s'il y en auoit en Hermenigilde de mourir pour vn Dieu qui à expiré pour luy, il ne la tiendroit que de la main qui l'a tiré de l'erreur, appuyé ſa reſolution & appris la ſcience de mourir ſans regret ; ſi bien qu'Indegonde eſt plus martyre qu'Hermenigilde n'eſt martyr.

INDEGONDE.

Ie la ſuis par la meilleure partie de moy meſme ; celle qui me reſte deſcendra auec l'autre dans le tombeau, & ſi elle en ſort, ce ſera pour en chercher la meſme route. Ce ſeront les ſeuls pas auec leſquels mes ſouhaits s'achemineront à leur centre.

HERMENIGILDE.

O genereuſe Indegonde ? que ie meurs ſatisfaict ; puiſque ie ſçay que voſtre vertu eſtouffera des ſoûpirs qui ſeuls pouuoient

agiter des cendres qui seront en repos. Ie meurs & sans mourir
ie reuis, puis qu'il ny aura que mon corps qui receura le coup de
la Tyrannie, lors que mon coeur viura en vous mesme en dépit de
la mort. Enfin, ma chere Princesse, voicy le coup d'essay du
proffit que i'ay fait en l'eschole de vostre pieté.

INDEGONDE.

C'est par ce coup celebre, que ie me voy éloignée de la vostre,
mon trop aymable Prince, autant qu'il y à de la foiblesse à la force:
tout ce que i'en ay pourtant se plaint seulement de ce que le Roy
des Goths en fait yne espargne bien plus tyrannique que la violence. Quelque ingenieux qu'il soit en cruauté, mon ame l'est
bien plus en amour, puisque ie la sens insensiblement couler &
se coler à la vostre, & me faire mourir d'affection là ou la rage me
voudroit imposer yne cruelle loy de viure.

HERMENIGILDE.

Viués mon cher cœur, viués ma chere ame, & puisque ie vous
laisse l'vn & l'autre, si Hermenigilde veut viure par Indegonde,
qu'Indegonde viue donc pour Hermenigilde. Le iour de la mort
n'est pas le dernier de la vie : mais le dernier de la mortalité. Adieu
belle Princesse. Adieu ma chere femme. Adieu donc parfaicte
Indegonde.   ### INDEGONDE.

Pauure Princesse dans les fers ! femme desolée sans Mary ! miserable Indegonde sans Hermenigilde ! ô combien de fois malheureuse !

HERMENIGILDE.

Ces fers sont les diademes, vostre vefuage vous donne vn Dieu
pour Mary, & pour Hermenigilde vous aués tout le Paradis.
Adieu fidelle Erasistrate, soyés le autant à la parfaicte Indegonde
cóme vous l'aués tousiours esté au reconnoissant Hermenigilde.

Ne vous affligés plus, allés ne la quittés point ; qu'elle donne
pluſtoſt des prieres au beſoin que i'en ay dans ce dernier combat,
ie l'en ſupplie, que des regrets de m'y auoir preparé. Adieu l'objet de mes plus tendres affections. Adieu ma chere ame.

INDEGONDE.

Adieu mon cher cœur. Adieu ma trop aymable vie, Adieu
donc mon adorable Hermenigilde. Auec qu'elle violence on ſe
ſent arracher le cœur!

SCENE VIII.

SOPHRONISQVE, GOISVINTHE.

SOPHRONISQVE.

VOus l'emportés, Madame. Si la vie d'Hermenigilde don-
noit à voſtre Majeſté des inquietudes, ſa mort la mettra
bien-toſt en repos. Il vomira ſon ame auec ſon ſang, & celuy
qui eut empoiſonné le Royaume, abbreuera tout maintenant la
terre, qui ſeule en ſera enuenimée.

GOISVINTHE.

La crainte que i'ay qu'il n'echappe à ce coup, m'en donne à tout
moment vn mortel. Le perfide Dariace & le laſche Hermenifride meditent la fuitte, auec laquelle ils emporteroient tout le
ſuccés de ceſte affaire, nous laiſſeroient auec le deſeſpoir de l'a-
cheuer, la confuſion & la mort de l'auoir entrepriſe. Trauaillés
y, Sophroniſque, & adiouſtés à l'obligation que ie vous ay d'auoir
contribué à le condamner; celle que ie vous auray, de voir

ſi on

si on l'a executé. Toutes les protestations que ie vous pourrois faire pour la recon noissance de vostre affection sont au dessous de la mienne, pour m'en acquitter. Courés tandis que ie m'en vay r'asseurer ces esprits inconstans.

SOPHRONISQVE.

L'honneur de rendre à vostre Majesté quelque seruice est ma plus grande recompense & mon plus haut bon-heur. Ie n'ay fait que mon deuoir quand i'ay fait tout ce que i'ay pû pour contribuer à la perte du pernicieux Hermenigilde son ennemy. Il n'y a plus rien à faire, Madame, ie croy qu'en ce moment ce qui étoit autrefois le Prince des Goths, n'est plus qu'vn tronc mutilé d'vn horrible cadavre. J'en sçauray bien tost la verité.

GOISVINTHE.

Courés ie vous en prie, & qu'on dépesche.

SCENE IX.

IGERDE, ERASISTRATE, LEONIDAS.

IGERDE.

Courons, courons, Erasistrate. Le Roy à découuert la conspiration des imposteurs, & son esprit agité est maintenant suspendu entre l'amour & la haine : sauués lors que vous en aués le pouuoir, vn Prince innocent. Le Roy vient luy méme.

ERASISTRATE.

Ouurés, Leonidas. Faites nous voir le Prince.

LEONIDAS.

S'en est fait, il est mort.

ERASISTRATE.

O Dieu qu'entens-je ! le Prince eſt mort ! & l'Innocence per-
ſecutée n'a rien trouué iuſques au bourreau qui ait eſté ſobre de ſa
vie ? vous eſtes dóc mort adorable Hermenigilde ; vous auez perdu
la vie lors que ie vous apportois les nouuelles du recouurement de
voſtre liberté ! ô ſoins hors de ſaiſon ! ô vains efforts ! ô tardiue pieté ! ſouffrés au moins que ie reçoiue voſtre dernier ſoufle. O
malheur ! a combien de malheurs m'auez vous reſerué.

IGERDE.

Eſt ce la la foy ? ô ſang pur ! ô deſtinée du Prince le plus iuſte !

ERASISTRATE.

Roy cruel ! Tygre épouuantable, qui manges ta propre chair
& bois ton ſang. Mornes Diuinités qui tourmentés les ombres,
venés, venés en foulle, venés deuorer ce poiſon, venés ôter aux
hommes ce qui eſt neceſſaire a vos enfers, cét execrable Leuigilde. Suiuons au tombeau celuy que nous n'auons j'amais aban-
donné. Faiſons ſucceder le dépit à la douleur ; & puiſqu'il faut
perdre la vie, ne conſeruons point de reſpect.

SCENE X.

LE ROY, ERASISTRATE, IGERDE.

LE ROY.

QVe ie ſuis ſatisfait, d'auoir reconnu & l'innocence de mon
Fils & l'execrable impoſture d'Hermenifride & de Duriace.
La Iuſtice des Dieux les traînera enfin au pied des Autels ou ils
vouloient immoler la vertu ; ce ſera par leur mort, & dans leur

punition, que ie leur feray trouuer le succés d'vne si abominable fausseté, & dans mon repentir & mes caresses qu'Hermenigilde étouffera ses ressentimens, ils ont creu par leur fuite chercher le salut en vn païs étranger : mais ceux qui sont à leur queste, leur feront rencontrer le desespoir. Cependant qu'on arrache des fers ces mains destinées au Sceptre, qu'on m'amene mon fils, & que i'efface dessus son corps par mes bons traitemens, l'affront & le mal que la méchanceté de ces perfides & ma credulité luy ont fait endurer.

Consolés vous Erasistrate.

ERASISTRATE.

Ma seule consolation est qu'on ne sçauroit rien adjouster à tant de maux.

LE ROY.

Si ceux d'Hermenigilde font les vostres, ils cesseront auec les siens.

ERASISTRATE

Puis que le Prince Hermenigilde cesse d'auoir des sujets de craindre, Erasistrate mesprise les raisons d'esperer, & en perdant l'intention de viure, il prend la liberté de vous dire que vous aués esteint la lumiere des Princes, estouffé le plaisir des Goths, & opprimé l'innocence de vostre Fils.

LE ROY.

Si ie ne l'ay pû defendre de la calomnie, ie luy sçauray faire tant de bien, que ie le forceray à perdre la memoire de ses maux.

ERASISTRAE.

Vous n'aués pû augmenter son supplice, & vous ne sçauriés diminuer vos rigueurs.

LE ROY.

Insolent que dis tu ? luy donner auec sa liberté le gouuernement du Royaume, toute l'amitié de son Pere, la teste de ses ennemis, n'est ce pas moderer ses desplaisirs, & ne crains tu pas d'ex-

poſer la tienne à ma iuſtice, que de l'armer contre elle, par tes diſcours outrageux ? i'ay commandé qu'il me vienne voir.

ERASISTRATE.

Il ne faut plus tonner, le foudre eſt tombé. Vous deuiés donc
defendre qu'on ne le fit mourir.

LE ROY.

Non ſeulement ie le defens : mais ie luy ordonne tous les honneurs deus au Prince des Goths.

ERASISTRATE.

O lugubres deuoirs ! ô funeſtes honneurs ! mon bon Prince,
voſtre vertu meritoit bien d'autres traitemens, que de ne l'auoir
reconneüe que par ceux qu'on prepare à vos funerailles. O inutile
reconnoiſſance, qui ordonne le remede aprés la mort.

LE ROY.

Quoy ! Hermenigilde eſt mort ?

ERASISTRATE.

Oüy, Sire, il eſt mort, & parce que vous aués repris par le bras
du Bourreau, ce qu'il ne tenoit de vous que par la nature : ſon ſang
reproche à vos yeux l'iniuſtice de vos mains, qui en ſeront eternellement foüillées. Le voyla. *Tirant le rideau.*

LE ROY.

Iniurieuſes Diuinités pourquoy ne m'aués vous prolongé mes
iours tyranniques que pour les terminer dans le meurtre ? pourquoy ne m'aués vous conſerué la veüe que pour me monſtrer les
ruiſſeaux de mon propre ſang épenché, par vn infanticide ? pourquoy ne faites vous donc tomber le Ciel ſur ſa teſte coupable ?
mon cher Fils ! mon cher Hermenigilde ! qui eſt le bourreau qui
a oſé attenter à voſtre vie ? qui eſt le denaturé qui la pû haïr, ny le
barbare qui eut iamais contre elle, formé quelque deſſein ? c'eſt
voſtre Pere, mon cher Fils, qui plus barbare que les Scythes, en

à commandé l'execution, & plus cruel que les bourreaux à pris cette épouuentable qualité, pour perdre celle dont la nature l'a-uoit iniuſtement honnoré. Mon cher Fils ! mon cher Herme-nigilde ! qu'elle reparation feray-ie à voſtre ſang ? ce qui en coule encore apres m'auoir parlé par la playe d'ou il s'eſtend ſur la pouſ-ſiere, y marque mes tragiques deuoirs, & pour ſon expiation me demande le mien ; il eſt trop impur pour le meſler à celuy de l'ag-neau ; ſi ce n'eſt qu'eſpanché par le meſme glaiue qui à ſerui à la desfaicte de l'Innocent, dont il fume encore, ie luy en faſſe per-dre la teinture par celuy du Dragon. Commets encore vn crime pour eſtre moinz coupable. Acheue malheureux Leuigilde. Eſ-coute la voix de ce ſang qui t'appelle ; ne ſuruis point à cette perte.

Ie vous ſuiuray, mon cher Fils, ſi ce n'eſt au Ciel, dont mes crimes me defendét l'entrée, ce ſera au moins par ma mort. C'eſt en mourant que i'auray meilleure grace de vous demander par-don, que tandis que ma douleur ne s'exprime que par de paroles; & puis qu'il m'eſt impoſſible de le meriter par vne ſi foible peni-tence ; poſſible que mon ſang obtiendra ce qui ne ſe doit à nul au-tre effect de mon repentir. Reçeués le comme il eſt, reçeués cette.

IGERDE. *Luy retenant la main.*

Ah ! SIRE, que voulés vous faire.

LE ROY.

Me deliurer de ton importunité & d'vne vie qui m'eſt à charge.

IGERDE.

Que voſtre Majeſté conſidere ce qu'elle fait.

LE ROY.

Ie ſçay que ie fais mal quand ie vis vn moment. Comment puis-ie ſouſtrir que le Soleil m'eclaire n'eſtant plus couuert que de honte & d'infamie ? Laiſſe agir ma douleur, laiſſe moy percer l'eſtomach, deſchirer mes membres des meſmes mains qui ont

massacré mon Hermenigilde. Mon cher Fils, mon cher Hermenigilde! Nom sacré! c'est cela seul qui nous reste de vous.

IGERDE.

Que vostre majesté, rende à son Fils des deuoirs deus aux saincts,
plustot que des actions de desespoir.

LE ROY.

Celuy qui auoit de toute la terre & les vœux & le cœur à trouué vn seul monstre dans la nature, qui par vn épouuentable assas-
sinat à rauy à l'vniuers, son plus grand homme; à la pieté son pro-
tecteur, son plus grand lustre à la vertu, & aux Goths leur legitime Prince. Leuigilde monstre vielly dans les crimes, fardeau
infame qui charge, & soüille la terre, de qui le nom doit estre en
horreur, & duquel on ne doit plus parler qu'auec detestatió, lasche
ministre de la furie Goisuinthe & de ses infames suposts, n'auoit
plus q'vn sacrilege à commettre, pour estre plus noir que les enfers: il a égorgé son propre Fils. Mon cher Fils, mon cher Hermenigilde!

ERASISTRATE.

Mon bon Maistre! mon aymable Prince! Sainct Hermenigilde.
LE ROY.   *Sur le corps d'Hermenigilde.*

Innocent Agneau, cœur debonnaire, victime trop noble
d'vne Idole trop indigne, grand Sainct, beaux restes de ce que
i'ay si tendrement aymé & si cruellement persecuté, Diuin Hermenigilde, soit que éleué maintenāt dans vne haute felicité, vous
dédaigniés les choses basses, soit que l'enormité de mes crimes
vous fasse mespriser mes regrets; voyés pourtant auec combien de
larmes ie solemnise mon repentir. Voyés vostre Pere autrefois
vous serrer en ses bras, puis aprés vostre bourreau vous estouffer
en eux mesme, maintenant vostre esclaue & vostre adorateur vous
prier à vos pieds, les tremper de ses pleurs & lauer autant qu'il

peut les marques horribles de sa perfidie. Il ne meritoit pas, par ses derniers baisers de soûtenir vostre langueur, aprés vous auoir fermé les yeux à la mort, le miserable qui vous les ouurit à la vie. Si vous n'aués horreur d'vne bouche profane, souffres que ie succe ce sang innocent qui distile de vos veines sacrées. Fondés vous en pleurs més yeux pour netoyer ces taches qui m'empeschent de distinguer ceux de mon Hermenigilde. Ie vous vois beaux Astres qui n'eûtes iamais que des douces influences : mais qui par vostre éclypse me laissés sans lumiere. Il ne m'en reste que pour connoistre mon crime, & le reproche que vous m'en faites. Bouche sacrée, le Trosne de la prudence & le siege de la modestie, qui ne prononçates iamais que des Oracles, vous estes en vostre silence, bien plus eloquente à me conuaincre d'impieté, que vous ne fustes occupée à la defense de vostre vie. Modestes yeux, belle bouche, precieuse reste, aymable & cher fardeau, si par vn iuste dédain vous retenés & vos regards & vos paroles, ie vous entends à ma perte. Ah ! ie ne vous vois que trop à ma honte. Ie vous reconnois mieux à ces marques de vostre souffrance & de ma cruauté. Sang charitable à vostre meurtrier qui outragé par la violence de ma main, cedés encore à l'égout de mes yeux, rendés leur cet office ; coulés, ecuurés, confondés de rechef ce qui les blesse, & souz vne confusion de tant d'objets funestes, cachés la multiplicité de mes assassinats. Riches habits, plus chers par cette teinture que toutes les pourpres des Roys : chambre lugubre, à present plus sainte que tous nos temples : funebre lict plus magnifique que tous les Mausolées : ie vous honnore, ie vous respecte, ie vous reuere comme les plus cheres reliques, comme les premiers Autels & les Sanctuaires, que nous vous auons dressés sans y penser. Pour estre façonnés d'vne main impie, leur prix n'est pas moins grand, par celuy qui y est esleué, que l'enormité

en eſt abominable par celuy qui les à eſleués ; il vous y vient
rendre ſes premiers vœux. Il vous y apporte vne ame toute noire
de ſon crime : mais toute ſerrée de douleur, toute pleine de repentir & de reconnoiſſance de ſa faute & de veneration de voſtre
vertu. Mon cher Fils, mon cher Hermenigilde : vous nous deuiés vn Roy, vous nous aués donné vn martyr. Souffrés que ie
vous loge dans mon cœur, tandis que pour vos ſainctes reliques
i'edifieray vn Temple ſomptueux.

F I N.

Fautes ſuruenües à l'impreſſion.

COmme i'ay eſté forcé de faire ceder à vn eloignement plus neceſſaire, la neceſſité de
la correction de ce petit liuret : tant d'erreurs s'y ſont gliſſées ; qu'il ſemble qu'il n'y
ait des lettres que pour marquer ſes defauts : Ie n'ay mis icy que celles qui changent le
ſens ; celuy du lecteur ſera charitable, s'il excuſe les autres.

Page 5. ligne 9. s'il eſt faſciné. liſez, s'il en eſt faſciné. p. 9. l. 6. ou vn ennemy. liſez, ou
à vn ennemy. p 12. l. 11. arrager. liſez, arracher. p. 14. l. 15. a voſtres pertes. liſez, a voſtre
perte. p. 14. l. 20. voyent. liſez, voyoient. p. 15. l. 1. prend. liſez, prens. p. 15. l. 5. valeur.
liſez, violence. p. 15. l. 12. ie faits liſez, ie fais. p. 16. l. 1. ne nous. liſez, ne vous. p. 16. l.
6. n'a aſſés. liſez, n'a ny aſſés. p. 16. l. 16. cauelots. liſez, iauelots. p. 19. l. 7. puis. liſez, peus.
p. 19. l. 9. pomination. liſez domination. p 21. l. 7. nos crainte. liſez, nos craintes. p. 23.
l. 12. vn heure. liſez, vne heure. p. 23. l. 23. elles. liſez, elle. p. 24. l. 7. ſurement. liſez, ſeu-
rement. p. 25. l. m'exemtera. liſez, me'exemptera. p. 27. l. 2. faits liſez, faites. p. 27. l. 14.
ſa. liſez, la. p 30. l. 16. les. liſez, le. p. 33. l. 9. emploions. liſez, employons. p. 35. l.
4. certitude la voſtre. liſez, certitude de la voſtre p. 37. l. 2. vous perdres liſez, vous vous
perdrés. p 41. l. 13. iuſte inſtice, oſtés iuſte. p. 46. l 7. ſi tu puis. liſez ſi tu peus. p. 47. l. 12.
eſtoit à ſa ſoumiſſion. oſtez à. p. 56. l. 10. ceſt heure. liſez, ceſte heure p. 57. l. 7. deſpoir liſez, deſeſpoir. p. 60. l. 19. ie le dois. liſez, ie la dois. p. 63. l. 17. ſuiuls. liſez, ſuiuis. p. 64.
l. 18. vous n'aués. liſez, vous n'auiés. p. 65. l. 21. qu'eleuée à l'honneur de la Royauté, deuenüe. liſez eſtoit eſleuée à l'honneur de la Royauté, que deuenüe. p. 67. l. 22. celeré. liſez,
éclairé p. 79. l. 3. peur qu'il. liſez, pour qu'il. p. 79. l. 19. meſurer. liſez, meſuſer. p. 80. l.
22. qu'il on liſez, qu'ils ont. p. 81. l. 5. le moyen faire. liſez le moyen de faire. p. 82. l. 10.
ie l'ay ſupplié liſez, ie l'en ſupplie. p. 82. l. 17. ſupprendre liſez, ſuſpendre p 94. l. 20 qu'il
liſez, qu'ils p. 95. l. 22. reſpct liſez, le reſpect. p. 96. l. 3. cenſeure, liſez cenſure.

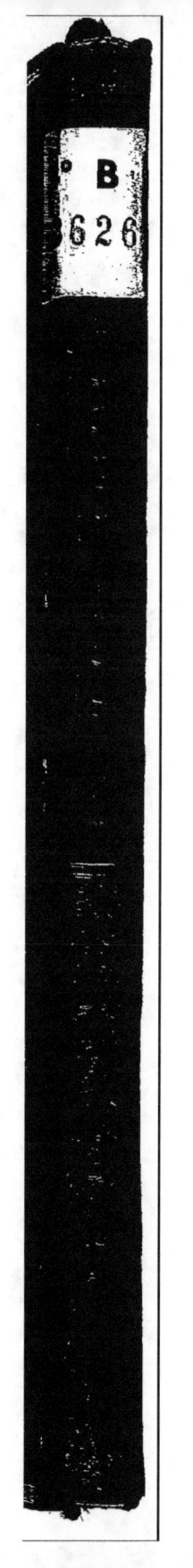